随园诗话

[清]袁枚·著
王辉·编译

插图精译

陕西新华出版 三秦出版社

图书在版编目（CIP）数据

随园诗话 /（清）袁枚著；王辉编译. -- 西安：三秦出版社，2008.04（2024.1 重印）
（国学百部文库）
ISBN 978-7-80736-371-2

Ⅰ. ①随… Ⅱ. ①袁… ②王… Ⅲ. ①诗话－中国－古代 Ⅳ. ① I207.22

中国版本图书馆 CIP 数据核字（2008）第 027080 号

书　　名　随园诗话
作　　者　[清] 袁枚 著　王辉　编译
责　　编　葛　伟
封面设计　新华智品

出版发行　三秦出版社
社　　址　西安市雁塔区曲江新区登高路 1388 号
电　　话　（029）81205236
邮政编码　710061
印　　刷　北京一鑫印务有限责任公司
开　　本　680×1020　1/16
印　　张　9
字　　数　115 千字
版　　次　2008 年 4 月第 2 版
印　　次　2024 年 1 月第 2 次印刷
标准书号　ISBN 978-7-80736-371-2

定　　价　39.80 元
网　　址　http://www.sqcbs.cn

前　言

《随园诗话》是清代文学理论著作，袁枚著。随园，在江宁（今南京）小仓山，是袁枚辞官后所筑别墅名。袁枚的诗话即撰写于此，故名《随园诗话》。

《随园诗话》是清代影响最大的一部诗话。其体制为分条排列，每条或述一评，或记一事，或采一诗（或数诗），乃随笔式。本书的编撰，旨在倡导性灵说诗论，以反对乾隆诗坛流行的沈德潜格调说与翁方纲以考据为诗的风气。本书于作者辞官后开始编撰，成书于乾隆五十五年（1790），由毕沅等资助付梓。补遗则写至作者病故为止，成书于嘉庆年间。

袁枚（1716—1798），字子才，号简斋，一号存斋，世称随园先生，晚年自号仓山居士、随园老人等。钱塘（今浙江杭州）人。祖籍慈溪（今属浙江）。乾隆四年（1739）进士，选庶吉士，入翰林院。乾隆七年（1742）改发江南，历任溧水、江浦、沭阳、江宁等地知县。乾隆十四年（1749）辞官，居于江宁（今江苏南京）小仓山随园。以后除乾隆十七年（1752）曾赴陕西任职不到一年外，终生绝迹仕途。袁枚主持乾隆诗坛，为性灵派领袖。著述甚丰，有《小仓山房诗集》、《小仓山房文集》、《随园诗话》、《子不语》、《随园尺牍》、《随园随笔》等十来种。传见《清史稿》卷四八五。

《随园诗话》记述了古今文坛掌故、文人轶事，评品古今诗人及诗作。集中体现了作者论诗力主性灵的主张。他认为：“自三百篇至今日，凡诗之传者，都是性灵，不关堆垛。”在袁枚的理论体系中，性灵大致与性情相等，都是指诗人真情的抒发，他说：“诗人者，不失其赤子之心也。”又说：“文以情生，未有无情而有文者。”他甚至把“诗言志”的传统诗教也纳入他的性情之中，倡导“肌理说”。他又不一概排斥学识和能力，在学识和能力与天分二者的关系上，袁枚仍然以天分为先，这体现了他性灵说的内质。灵感的产生有突如其来和稍纵即逝的特点，袁枚在阐述性灵说时，充分注意到了这一点。

作者在强调“性灵”的同时，他还提倡诗歌应有新鲜的风味，灵活的笔致，注重诗人的才情、个性与独创性。这种反传统、反模拟、求创新的特点，亦有不少诗坛掌故、诗歌本事、诗人轶事的记载，虽不无庸俗之处，但可见乾隆时期文化状况的一个侧面，是袁枚在继承前人进步思想的基础之上的新发展。本书的精华在于“话”，而基础却在于“诗”，故书中采录了大量印证诗论的作品，不拘时代、流派，不拘作者身份、性别，尤可称道者是闺秀之什颇多。独开生面，别树一帜并集结起"性灵"诗派，为反拟古、反考据为诗，及使诗歌回归抒写真性情的轨道上来作出重要贡献，是对清代以来道统文学观的挑战。《随园诗话》以其所具有的新兴社会思潮的因素而独树一帜，在中国文学理论上作出了极大的贡献。

《随园诗话》取材广泛，内容丰富，考虑到普及的需要，我们选取了其中最具代表性的篇章，以供读者阅读，希望本书能对您的学习和生活有所裨益。

本书编排严谨，校点精当，并配以精美的插图，以达到图文并茂、生动形象的效果。此外，本书版式新颖，设计考究，双色印刷，装帧精美，除供广大读者阅读欣赏外，更具有极高的研究、收藏价值。

编　者

2008 年 8 月

目　录

文 中 寄 志

【原文】

古英雄未遇时，都无大志，非止邓禹希文学，马武望督邮也。晋文公有妻有马，不肯去齐。光武贫时，与李通讼逋租于严尤。尤奇而目之。光武归谓李通曰：“严公宁目君耶？”窥其意，以得严君一盼为荣。韩蕲王为小卒时，相士言其日后封王，韩大怒，以为侮己，奋拳殴之。都是一般见解。鄂西林相公《辛丑元日》云：“揽镜人将老，开门草未生。”《咏怀》云：“看来四十犹如此，便到百年已可知。”皆作郎中时诗也。玩其词，若不料此后之出将入相者。及其为七省经略，《在金中丞席上》云：“问心都是酬恩客，屈指谁为济世才？”《登甲秀楼》绝句云：“炊烟卓午散轻丝，十万人家饭熟时。问讯何年招济火？斜阳满树武乡祠。”居然以武侯自命：皆与未得志时气象迥异。张桐城相公则自翰林至作首相，诗皆一格。最清妙者：“柳荫春水曲，花外暮山多。”“叶底花开人不见，一双蝴蝶已先知。”“临水种花知有意，一枝化作两枝看。”《扈跸》云：“谁怜七十龙钟叟，骑马踏冰星满天。”《和皇上风筝》云：“九霄日近增华色，四野风多仗宝绳。”押“绳”字韵，寄托遥深。

【译文】

在古代的时候，当英雄还未遇上能让自己一展才华的时机时，大都不具有非常远大的志向，这并非仅仅是邓禹从文学上寄托希望，马武以督邮为名门贵族等事例所能说明的事。晋文公有妻室和马匹，唯独不肯离开齐国。光武帝在少年时很贫困，和李通因为逃税而同严尤打官司。严尤十分惊奇地盯着他们看。光武帝回去后就对李通讲：“严公看你了吗？”言下之意，他是以严尤对他们的盯看作为荣耀的事。韩蕲王做小卒的时候，看面相者料定他日后必被封

王。然而韩却大怒，认为自己被侮辱了，于是用拳把对方一顿猛打。这都是一个道理。鄂西林相公在《辛丑元日》曾经写过这样的句子："揽镜人将老，开门草未生。"在《咏怀》中又讲："看来四十犹如此，便到百年已可知。"这都是他做郎中时所作的诗。看了这些词句又有谁能想到他将来会出将入相呢？等他做了七省经略，在《金中丞席上》讲："问心都是酬恩客，屈指谁为济世才？"他在《登甲秀楼》绝句中说道："炊烟卓午散轻丝，十万人家饭熟时。问讯何年招济火？斜阳满树武乡祠。"竟然以武侯来自比，这些都和他未得志时的心态就完全不一样了。张桐城相公则从翰林做到首相，所作诗歌全是一个风格。最清秀美妙的诗句有："柳荫春水曲，花外暮山多。""叶底花开人不见，一双蝴蝶已先知。""临水种花知有意，一枝化作两枝看。"《扈跸》讲："谁怜七十龙钟叟，骑马踏冰星满天。"在他的《和皇上风筝》中又讲："九霄日近增华色，四野风多仗宝绳。"在这句诗里，诗人借"绳"字韵"升"，来寄托自己内心的志向和远大的抱负。

诗在骨不在格

【原文】

杨诚斋曰："从来天分低拙之人，好谈格调，而不解风趣。何也？格调是空架子，有腔口易描；风趣专写性灵，非天才不办。"余深爱其言。须知有性情，便有格律，格律不在性情外。《三百篇》半是劳人思妇率意言情之事；谁为之格？谁为之律？而今之谈格调者，能出其范围否？况皋、禹之歌，不同乎《三百篇》；《国风》之格，不同乎《雅》、《颂》；格岂有一定哉？许浑云："吟诗好似成仙骨，骨里无诗莫浪吟。"诗在骨不在格也。

【译文】

杨诚斋说："古往今来，天分低拙的人，都在诗歌上爱大谈格调，而不懂得风情趣味。为什么？因为格调是空架子，有嘴就能很简单地描述出来；而风情趣味专门描写性灵，不是天才就办不到。"我十分喜欢这句话。要知道有性情，便有了格律；格律总是在性情之中的。《诗经》三百篇多半是劳动者及怀春少妇直率言情的，有谁为他们定过格式呢？又有谁为他们定过音律呢？而现在谈格调的，能超出这个范围吗？况皋、大禹时代的歌谣，不同于《三百篇》；《国风》的格调，不同于《雅》、《颂》。格式怎么有一定之规呢？许浑讲："吟诗好似成仙骨，骨里无诗莫浪吟。"诗的精华在诗骨而不在格式呀！

存其是去其非

【原文】

前明门户之习，不止朝廷也，于诗亦然。当其盛时，高、杨、张、徐，各自成家，毫无门户。一传而为七子，再传而为钟、谭，为公安，又再传而为虞山，率皆攻排诋呵，自树一帜，殊可笑也。凡人各有得力处，各有乖谬处，总要平心静气，存其是而去其非。试思七子、钟、谭，若无当日之盛名，则虞山选《列朝诗》时，方将搜索于荒村寂寞之乡，得半句片言以传其人矣。敌必当王，射先中马，皆好名者之累也！

【译文】

前明有门户派别之分，不只是朝廷有，在诗歌上也是这样，当明诗处于昌盛的时候，高、杨、张、徐，各自成为一家，没有门户高下。一传下来就是明七子；再传就是谭、钟，成为公安派；又再传是虞山，大都是相互攻击诋毁，自己树立一个旗帜，真是十分可笑。大凡每个人都有自己的长处，都有自己的缺点，总是要平心静气，保留正确的，去掉不对的。试想明七子、钟、谭等人，要是没有当时的盛名，则虞山选《列朝诗》时，必将从荒村僻壤的偏僻之地去寻找，有幸得到一言半句就要传之于后人。打敌人一定先擒王，射人要先射马，这是喜爱名声的人所特有的累赘，会在最紧要的时候葬送他们。

金公政简刑清

【原文】

乾隆丙辰，余二十一岁，起居叔父于广西。抚军金震方先生一见有国士之目，特疏荐博学鸿词。首叙年齿，再夸文学，并云："臣朝夕观其为人，性情恬淡，举止安详。国家应运生才，必为大成之器。"一时司道争来探问。公每见属吏，谈公事处，必及余之某诗某句，津津道之，并及其容止动作。余在屏后闻之窃喜。探公见客，必随而窃听焉。呈七排一首，有句云："万里阙前修荐表，百官座上叹文章。"盖实事也。公有诗集数卷，殁后无从编辑，仅记其《答幕友祝寿》云："浮生虚逐黄云度，高士群歌《白雪》来。"《题八桂堂》云："尽日天香生画戟，有时鹤舞到匡床。"想见抚粤九年，政简刑清光景。

【译文】

乾隆丙辰年间，我二十一岁，到广西去看望叔父。抚军金震方先生见我有国士（对国家有用的栋梁之材）的眼光，就特别推荐我入博学鸿词科。他首先说了我的年龄，然后再夸我的文才学识，并说："我早晚观察他的为人，性情温和，举止安详。国家盛世的人才，必是有番大作为的栋梁之材。"一时间一些部门争先来探问。金震方公每次见到自己的部下，谈完公事，必定谈到我的某首诗某句话，津津乐道，说时带着表情和动作。我在屏风之后听了窃喜。打听到金公有客人来，必定暗暗跟随到后边窃听。我写有七律一首说道："万里阙前修荐表，百官座上叹文章。"这都是事实。金公有好几卷诗集，死后却没人编辑，

仅记他的一首《答幕友祝寿》说："浮生虚逐黄云度，高士群歌《白雪》来。"《题八桂堂》说："尽日天香生画戟，有时鹤舞到匡床。"从这儿可以想象出金公在广西做官九年，政治简明刑罚得当的景象。

切勿抄袭

【原文】

古无类书，无志书，又无字汇，故《三都》、《两京》赋，言木则若干，言鸟则若干，必待搜辑群书，广采风土，然后成文。果能才藻富艳，便倾动一时。洛阳所以纸贵者，直是家置一本，当类书、郡志读耳。故成之亦须十年、五年。今类书、字汇，无所不备。使左思生于今日，必不作此种赋。即作之，不过翻摘故纸，一二日可成。而抄诵之者，亦无有也。今人作诗赋，而好用杂事僻韵，以多为贵者，误矣！

【译文】

古代没有已经分过类的书，也没有志书，更不可能有字典，因此在《三都赋》、《两京赋》中，谈到草木则分若干类，谈到飞禽又分若干类，必定要等待遍查群书，大规模地采集人文风情的材料，然后才可能下笔成文。若果然能够才情灿然，辞藻华美，便会使众人仰羡，轰动一时。左思所著《三都赋》，之所以能使洛阳纸贵，只是因为家里添置此书，能用来作为类书、志书来读罢了。所以写成这书也必须得个十年、五年的。而当今类书、字典，都非常齐备，如果左思生于当今之世，肯定不会写出这种辞赋。即使做了，也只不过是从故纸堆里翻录摘抄的事，一两天就可以完成。至于说抄录下来咏诵不绝，这类事也不会再出现了。当今的诗赋，喜欢运用积年旧事，冷僻险韵铺张开来，而且认为用得越多越好，这实在算是一种谬误。

绝妙名联

【原文】

凡神庙扁对，难其用成语而有味。或造仓颉庙，求扁，侯明经嘉缙，提笔书“始制文字”四字，人人叫绝。或求戏台对联，姚念兹集唐句云：“此曲只应天上有，斯人莫道世间无。”又，张文敏公戏台集宋句云：“古往今来只如此，淡妆浓抹总相宜。”苏州戏馆集曲句云：“把往事，今朝重提起；破功夫，明日早些来。”俱妙。（或题诸葛庙，用“丞相祠堂”四字，亦雅切。）

【译文】

大凡在神庙上题匾，所题之词既要用成语，也就是说要用前人已经用过的语句，又要令其意味悠长，这是很困难的。有人建了一座仓颉庙，求人题匾。明经侯嘉缙，为此庙提笔写下“始制文字”四个字，众人看后个个拍手叫好。有人求写一副戏台上的对联，姚念兹在收集唐代人的诗句之后，凑成一联：“此曲只应天上有，斯人莫道世间无。”意思是说：“这乐曲，悠扬动听，美妙至极，是只应天上才有的仙曲，然而却不能认为人间就没有。”另外还有，张文敏也是集宋人诗句，对成一联：“古往今来只如此，淡妆浓抹总相宜。”意思是说：“古往今来大致就是这个样子，或淡妆或浓抹都很适宜。”苏州的戏馆也是集曲句成联：“把往事，今朝重提起；破功夫，明日早些来。”意思是：“且将往日之事，今日重新提起；若想功夫到家，明天要早一些来。”这些都是极妙的对联。（有人在诸葛亮庙题字，用了“丞相祠堂”四个字，也是十分贴切雅致和意味悠长的。）

圣朝佳话

【原文】

康熙间，于清端公总督江南，举其族弟襄勤公来守江宁。二人俱名成龙，不以为嫌，且俱以清节卓行，名震海内，洵圣朝佳话也。襄勤巡抚京畿，不避权贵，故演戏者有“红门寺诛奸僧”一节。事虽附会，非无因也。其孙紫亭先生，名宗瑛者，甲戌翰林，人品高逸，善画工诗。余戊申游虞山，紫亭之子静夫明府适宰昭文，以《来鹤堂诗》见示。如《题画》云：“寒声两岸虫，秋怀千顷荻。雨断月初明，孤篷犹滴沥。”《游马氏园》云：“隔树未知处，缘溪已到门。”《折杏花赠某》云：“灯红人影摇芳树，手动花阴落满身。”《归车》云：“急雨惊风翻碧沼，归云学水亦东流。”皆超超元箸，不食人间烟火。静夫云清端、襄勤二公亦有诗集，他日检出，为余寄来。

【译文】

康熙年间，于清端公任江南总督，推荐他的本家兄弟襄勤公来任江宁太守。两个人名字都叫作成龙，但都不以此为嫌；两个人都以为政清廉有操守、高风亮节而名震海内。可以说是康熙统治时期的一段佳话。襄勤公在京城郊区一带任巡抚时，秉公执法，不避权贵。过去演戏中有《红门寺诛奸僧》这一节，虽然事情有些牵强附会，但这也不是没有根据的。他的孙子紫亭先生，名叫宗瑛，甲戌年入的翰林院，人品清高飘逸，能诗善画。我在戊申年在虞山游玩，紫亭的儿子静夫明府当时在昭文任宰令，拿着《来鹤堂诗》出示给我看。其中如《题画》诗中有：“江河岸边秋虫鸣唱不止，透着些许寒意，萧索的荻芦连结一大片，在秋风中摇曳。淅淅沥沥的雨刚刚歇住，月亮从云中刚刚移出，孤独的篷屋还在滴沥水珠。”《游马氏园》中说：“隔着密密的树木，不知到了什么地方，沿着溪流走忽然竟已到了门前。”《折杏花赠某》中又说：“红灯摇摇映出人的身影爬到花枝垂垂的芳树上，随着手动，花瓣飘落了一身。”《归车》诗中说：“骤雨大作，狂风四起，碧绿幽深的潭水翻搅起来；悠悠浮云，潺潺溪水也都向东流去。”这些诗都是风骨奇清，飘逸超脱，不食人间烟火的作品。静夫说清端、襄勤二公，也有诗集，等他日捡寻出来后，给寄到我这里来。

诗才清警

【原文】

丁巳，余流落长安，寓刑部郎中王公讳琬者家。同寓人常熟孝廉赵贵璞，字再白，倾盖相知，西林相公门下士也，欲荐余见西林，有尼之者，因而中止。未几，王公出守兴化。余傫然无归。赵以寒士而留余仍住王公旧屋，供其饔飧，彼此唱和。赵诗才清警，《过仙霞岭》云：“万竹扫天青欲雨，一峰受月白成霜。”其曾祖某，生天启间，《题天圣阁》云：“天在阁中看世乱，民从地上作人难。”

【译文】

丁巳年，我流落在长安，住在刑部郎中王琬的家里。同住的还有常熟孝廉赵贵璞，他字再白，与我促膝而谈，十分投机。他是西林相公门生，本来要把我引荐给西林相公，被人阻止，因而作罢了。没过多久，王公去兴化做官，我便茫然没有了去处。赵贵璞以寒士的身份仍留我住在王琬的旧屋，供我吃喝，我们相互唱和。赵贵璞诗才清新警醒，在《过仙霞岭》一诗中讲：“万竹扫天青欲雨，一峰受月白成霜。”他的曾祖生在明代天启年间，有一首《题天圣阁》，其中有一句：“天在阁中看世乱，民从地上作人难。”

诗重其性情

【原文】

张燕公称阎朝隐诗炫装倩服，不免为风雅罪人。王荆公因之作《字说》，云："诗者，寺言也。寺为九卿所居，非礼法之言不入。故曰'思无邪'。"近有某太史恪守其说，动云诗可以观人品。余戏诵一联云："'哀筝两行雁，约指一勾银'，当是何人之作？"太史意薄之曰："不过冬郎、温、李耳。"余笑曰："此宋四朝元老文潞公诗也。"太史大骇。余再诵李文正公昉《赠妓》诗曰："便牵魂梦从今日，再睹婵娟是几时？"一往情深，言由衷发；而文正公为开国名臣，夫亦何伤于人品乎？《孝经含神雾》云："诗者，持也。持其性情，使不暴去也。"其立意比荆公差胜。

【译文】

张燕公认为阎朝隐诗似华美眩目的服饰，难免被有些人称为风雅罪人。王安石因为这个著有《字说》一书，上面讲："诗，是寺中的语言。寺是九卿居住的地方，不是礼法中的言论是不允许进入诗的，因此称诗叫：'思无邪'。"最近有一位太史严格遵守他的说法，总是讲从诗可以看出

人的品质。我为戏弄他写了一对联："'哀筝两行雁，约指一勾银'，并问太史这是什么人写的？"太史随意轻蔑地说："这不过是冬郎、温庭筠、李商隐等人罢了。"我笑着回答："这是宋四朝元老文潞公的诗。"太史听到我的话不觉大为惊骇。我又对他读了李文正公《赠妓》一诗："便牵魂梦从今日，再睹婵娟是几时？"这首诗写得一往情深，衷心感慨而产生这种语言；但李文正公却是开国名臣，可见这怎么与人品有关呢？在一本书《孝经含神雾》中曾这样说："诗歌，是一种把握的技巧。把握事物的特性本质，使它们不被忽略掉。"这个看法比王安石的要强多了。"

唐翰林最荣

【原文】

唐翰林学士最荣，入直，许借飞龙厩马。白香山《赠钱翰林》诗曰："分班皆命妇，对苑即储皇。"盖最亲宫禁也。是以韦绶，学士也，而覆以蜀襭之袍；韩渥，学士也，而暗藏金莲之烛。《十国春秋》载：后蜀王建待翰林过优，人尤之。建曰："我昔值禁军，见唐天子待翰林之厚，虽朋友不如也。我不过万分之一耳。"

【译文】

唐朝时，翰林学士十分荣耀，进宫朝见皇帝时，是允许借"飞龙厩"里的马来骑。白香山在《赠钱翰林》一诗中有这样的句子："分班皆命妇，对苑即储皇。"说明翰林与皇宫的关系非常密切。因此韦绶只不过是一个学士，可以披蜀地产的宽大的锦袍。韩渥也只不过是个学士，却可以暗藏精巧的烛台。《十国春秋》中记载：后蜀王建对待翰林优惠照顾得都有些过分了，人们对王建这样做有些不满。而王建说："我过去在禁军里，见唐朝天子对待翰林是怎么优厚的，即使是朋友也比不上啊。我不到他的万分之一程度啊。"

名未必符实

【原文】

古称状元，不必殿试第一名。唐郑谷登第后，《宿平康里》诗曰："好是五更残酒醒，耳边闻唤状元声。"按：谷登赵昌翰榜，名次第八，非第一也。周必大有《回姚状元颖启》、《回第二人叶状元适启》。当时新进士，皆得称状元。惟南汉状元不可作。《十国春秋》载：刘龑定例，作状元者，必先受宫刑。罗履先《南汉宫词》云：

“莫怪宫人夸对食，尚衣多半状元郎。”古称探花，不必第三名。《天中记》：“唐进士杏园初会，使少俊二人探花游园，若他人先折名花，则二人被罚。”蔡宽夫《诗话》云：“故事，进士朝集，择年少者为探花使。”是探花者，年少进士之职，非必第三名也。进士帽上多插花。太宗曰：“寇准少年，正插花饮酒时。”温公性严重，不肯插花。或曰：“君恩也。”乃插一枝。大概以年少者为贵。某《及第》诗曰：“人老簪花不自羞，花应羞上老人头。醉归扶杖人多笑，十里珠廉半下钩。”或又曰：“平康过尽无人问，留得宫花醒后看。”皆伤老之词。熙宁间，余中请禁探花，以为伤风化，遂停此例。后中以赃败，人咸鄙之。王弇洲曰：“禁探花之说，譬如新妇入门，不许妆饰，便教绩麻、造饭，理非不是也，而事太早矣。”余按李焘《长编》载：“陈若拙中进士第三名，以貌陋，人称瞎榜。”盖宋以第三名为榜眼，亦探花不必第三名之证。

【译文】

古代称作状元的，不一定要在殿试的时候拿第一。唐代的郑谷考中状元后，在《宿平康里》诗中讲：“好是五更残酒醒，耳边闻唤状元声。”而据记载，郑谷登赵昌翰榜，名次排列在第八，并不是第一。周必大写有《回姚状元颖启》、《回第二人叶状元适启》。那个时候的新科进士都能获得状元的称号。只有南汉状元是做不得的。《十国春秋》中记载：“刘龚定下规矩，作状元的人，必须先接受宫刑。”罗履先在《南汉宫词》中有句话说：“莫怪宫人夸对食，尚衣多半状元郎。”古代被称作探花的，也不一定就是第三名。《天中记》一书中说：“唐代的进士初次在杏园中见面，先让两个年轻人在花园里巡游探花，如果有别的人先折了名花，那么这两个人就被处罚。”蔡宽夫在《诗话》里说：“过去，进士入朝时，选择年纪轻的为探花使。”这样的探花，是指年少的进士，不一定是第三名。进士的帽子上多数戴着花。太宗说：“寇准年轻英俊，正是插花饮酒的好时候。”温公性情严谨，不愿意插花。有人说：“这是皇帝的恩赐。”才插上一枝。大概是把年轻的看作贵人。有人写《及第》诗说：“人老簪花不自羞，花应羞上老人头。醉归扶杖人多笑，十里珠廉半下钩。”又有

诗说："平康过尽无人问，留得宫花醒后看。"这都是笑话讽刺年纪大的人的诗词。熙宁年间，余中请求去除探花的风俗，认为这有伤风化，这项定例就被停止了。后来余中因为贪污败落，人们都十分看不起他。王弇洲说："禁止探花的说法，就像新媳妇上门，不让打扮，就让织布、做饭，道理上是应该这样，只是这样做有点显得太早了。"我按李焘《长编》上记载的："陈若掘中了进士第三名，因为相貌丑陋，被人称为瞎榜。"而后宋朝规定第三名为榜眼，这也是探花不是第三名的证据。

福薄生慧

【原文】

商宝意有甥吴鑑南濆，为诗人尊莱之子，亦能诗。严海珊赠云："何无忌酷似其舅，严挺之乃有此儿。"真巧对也。鑑南以主事从温将军征金川，大军溃于木果，中炮坠溪死。未死时，知不免，写诗两册，以一册付其妻叔周某，逃归；以一册自置怀中。今秋帆先生所刻者，周带回之一册也。与程鱼门交好。程诵其《陶然亭》云："偶着芒鞋策策行，到来心迹喜双清。短芦一片低如屋，空翠千层远入城。野旷每留残炤久，地高先觉早凉生。老僧解得登临意，劝听残蝉曳树声。"《赠人》云："波虽无恨终归海，人到忘情却省才。"与乃舅宝意"人因福薄才生慧，天与才多恰费心"之句相似。

【译文】

商宝意有一个外甥叫吴鑑南，字濆，是诗人尊莱的儿子，也擅长写诗。严海珊曾赠其诗说："何无忌酷似其舅，严挺之乃有此儿。"真是一副巧妙的对联。吴鑑南追随温将军征讨金川，大军在木果遭遇溃败，鑑南中了炮石掉到溪水里就死了。他在没死的时候，就知道自己不免于一死，就写了两本诗，一本交给他妻子的叔父周某，让他逃回来；一本放在自己的怀中。现在秋帆先生所刻的，就是周某带回来的那一本。吴鑑南与程鱼门交情很好。程鱼门曾读过他写的《陶然亭》讲："偶着芒鞋策策行，到来心迹喜双清。短芦一片低如屋，空翠千层远入城。野旷每留残炤久，地高先觉早凉生。老僧解得登临意，劝听残蝉曳树声。"另外，他还有一首《赠人》说："波虽无恨终归海，人到忘情却省才。"这和他的舅舅宝意的诗句"人因福薄才生慧，天与才多恰费心"在句法技巧运用上十分贴近。

改诗难于作诗

【原文】

改诗难于作诗，何也？作诗，兴会所至，容易成篇；改诗，则兴会已过，大局已定，有一二字于心不安，千力万气，求易不得，竟有隔一两月，于无意中得之者。刘颜和所谓"富于万篇，窘于一字"，真甘苦之言。《荀子》曰："人有失针者，寻之不得，忽而得之，非目加明也，眸而得之也。"所谓"眸"者，偶睨及之也。唐人句云："尽日觅不得，有时还自来。"即"眸而得之"之谓也。

【译文】

修改诗歌比创作诗歌还难，为什么？作诗是性情所致，灵感一来，很容易成诗；而改诗时，兴情、灵感已经过去，诗的格局已定了，只是有一两个字在心中不舒服，费尽辛劳，想替换却找不到合适的字眼，竟然有隔了一两个月，才在无意中得到的。刘颜和这样讲过："能写一万首诗，却为一个字而感到窘迫。"这真是亲自经历了改诗的甘苦，才得出的结论。荀子曾说过："有人掉了针，怎么找也找不着，忽然找到了，并不是眼比从前亮了，只是无意中看到罢了。"这里他所说的"眸"，就是偶然发现的意思。唐人有诗句说："尽日觅不得，有时还自来。"就是偶然发现的意思啊。

诗贵其有深意

【原文】

诗无言外之意，便同嚼蜡。杭州俞苍石秀才《观绳伎》云：“一线腾身险复安，往来不厌几回看。笑他着脚宽平者，行路如何尚说难？”又“云开晚霁终殊旦，菊吐秋芳已负春。”皆有意义可思。严冬友壮年不仕，《韦曲看桃花》云：“凭君眼力知多少，看到红云尽处无。”

【译文】

诗歌如果没有言外之意，弦外之音，便味如嚼蜡。杭州俞苍石秀才在《观绳伎》一诗中说：“一线腾身险复安，往来不厌几回看。笑他着脚宽平者，行路如何尚说难？”又说：“云开晚霁终殊旦，菊吐秋芳已负春。”这些都是深有含义可以让你思考的。严冬友壮年时还没有当官，在《韦曲看桃花》一诗中说：“凭君眼力知多少，看到红云尽处无。”

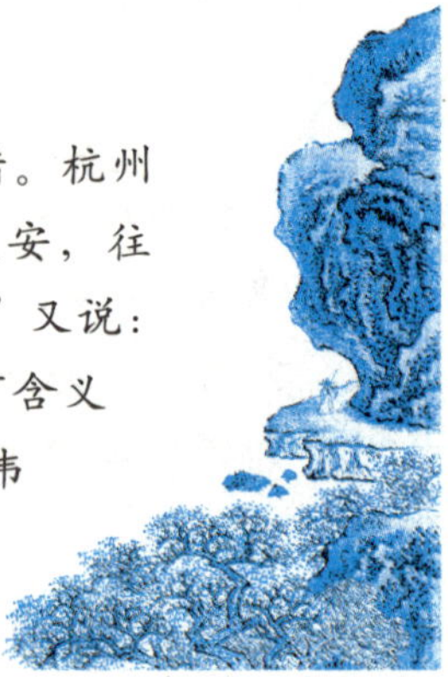

每出必携书

【原文】

康熙间，曹练亭为江宁织造，每出，拥八驺，必携书一本，观玩不辍。人问：“公何好学？”曰：“非也。我非地方官，而百姓见我必起立，我心不安，故藉此遮目耳。”素与江宁太守陈鹏年不相中，及陈获罪，乃密疏荐陈。人以此重之。其子雪芹撰《红楼梦》一部，备记风月繁华之盛。明我斋读而羡之。当时红楼中有某校书尤艳，我斋题云：“病容憔悴胜桃花，午汗潮回热转加。

犹恐意中人看出，强言今日较差些。”“威仪棣棣若山河，应把风流夺绮罗。不似小家拘束态，笑时偏少默时多。”

【译文】

康熙年间，曹练亭为江宁织造，每次出门，都要用八匹马，而且必带一本书，没完没了地阅读赏玩。有人问：“你怎么这样勤奋好学？”他回答说：“不是好学。我不是地方官，百姓看见我都要起立相敬，我心里很不安，因此借用看书来遮眼罢了。”他平素和江宁太守陈鹏年不合睦，等到陈鹏年犯罪，却秘密上书为他申诉。人们都因为这件事而敬重他。他的儿子曹雪芹写了《红楼梦》一书，详细地记载了风月繁华的盛况。明我斋读后十分赞赏，当时红楼中有女子十分美丽，明我斋题诗说：“病容憔悴胜桃花，午汗潮回热转加。犹恐意中人看出，强言今日较差些。”“威仪棣棣若山河，应把风流夺绮罗。不似小家拘束态，笑时偏少默时多。”

心有灵犀

【原文】

余画《随园雅集图》，三十年来，当代名流题者满矣，惟少闺秀一门。慕漪香夫人之才，知在吴门，修札索题，自觉冒昧。乃寄未五日，而夫人亦书来，命题《采芝小照》。千里外，不谋而合，业已奇矣。余临《采芝图》副本，到苏州，告知夫人，而夫人亦将《雅集图》临本见示，彼此大笑。乃作诗以告秋帆先生曰：“白发朱颜路几重，英雄所见竟相同。不图刘尹衰颓日，得见夫人林下风。”

【译文】

我画了《随园雅集图》，三十年来，上面都被当代名流们题满了字，只是少了闺房才女这类的题字。因为钦慕漪香夫人的才气，又知道她住在吴门，于是就写封书信前去索要题字，自己觉得冒昧。可是寄过去还没有五天，夫人就寄过书信来了，命题为《采芝小照》。虽然是千里之外，却可以不谋而合，这已经很奇怪了。我临摹了《采芝图》副本，到了苏州之后，告诉了夫人；夫人也将《雅集图》临摹本拿给我看，彼此大笑。于是作诗告诉秋帆先生说："白发朱颜路几重，英雄所见竟相同。不图刘尹衰颓日，得见夫人林下风。"

落笔不经意

【原文】

郑夹漈笑韩昌黎《琴操》诸曲为兔园册子，薄之大过。然《羑里操》一篇，末二句云："臣罪当诛，天王圣明。"深求圣人，转失之伪。按《大雅·文王》：曰："咨咨汝殷商，汝炰哮于中国，敛怨以为德。"文王并不以纣为圣明也。昌黎岂不读《大雅》耶？东坡言孔子不称汤、武。按《革卦·系辞》："汤、武革命，顺乎天而应乎人。"《系辞》，孔子所作也。东坡岂不读《易经》耶？刘后村为吴恕斋作诗序云："近世贵理学而贱诗赋，间有篇章，不过押韵之语录、讲章耳。"余谓此风，至今犹存。虽不入理障，而但贪序事，毫无音节者，皆非诗之正宗。韩、苏两大家，往往不免。故余《自讼》云："落笔不经意，动乃成苏韩。"

【译文】

郑夹漈笑韩昌黎的《琴操》诸曲是兔园册子，贬低得太过分了。可是《羑里操》一篇，最末两句说："臣罪当诛，天王圣明。"深求圣人，反而显得虚伪。按《大雅·文王》说："可叹呀你们商朝，你们在中原嚣张咆哮，横征暴敛不显缺少德行吗？"文王并不认为纣王是圣明啊！韩昌黎难道就不读《大雅》？东坡说孔子不称汤、武。按《革卦·系辞》说："汤、武革命，顺乎天而人民响应。"《系辞》，是孔子所作。东坡难道不读《易经》？刘后村为吴恕斋作诗序说："近世以理学为贵而以诗赋为贱，偶尔有些篇章，不过是押韵的语录、讲章罢了。"我说这样的风气，至今还有所保留，虽不入理障，但贪求叙事，毫无音节修饰。这都不是诗的正宗。韩愈、苏轼两个大家，也往往不能避免。所以我在《自讼》里说："落笔若不是处心积虑，就往往犯苏轼、韩愈这样的过失。"

宋学太盛

【原文】

明季以来，宋学太盛，于是近今之士，竞尊汉儒之学，排击宋儒，几乎南北皆是矣，豪健者尤争先焉。不知宋儒凿空，汉儒尤凿空也。康成臆说，如用麒麟皮作鼓郊天之类，不一而足。其时孔北海、虞仲翔早驳正之。孟子守先王之道，以待后之学者，尚且周室班爵禄之制，其详不可得而闻。又曰："尽信书不如无书。"况后人哉？善乎杨用修之诗曰："三代后无真理学，《六经》中有伪文章。"

【译文】

明末以来，宋明理学太盛行。于是近代的士人，都竞相尊崇汉代儒学，而排挤宋朝的儒学，几乎南北地方都是这样。豪放的人尤其抢在前面。他们不知道虽然宋朝理学十分空洞，而汉代儒学更是如此，郑康成任意胡说，像用麒麟皮做鼓在郊外祭天之类，不一而足，当时的孔北海、虞仲翔早就驳斥过这些。孟子遵守先王的道理，来对待后进的学者，尚且弄不明白周朝定的分封爵禄的制度。孟子又说："什么都相信书本上的就不如没有书。"何况后人呢？杨用修有句诗写得很对啊："三代后无真理学，《六经》中有伪文章。"

天下无如吃饭难

【原文】

方敏悫公三妹能诗，自画牡丹，题云："菊瘦兰贫植谢家，愧无春色绘年华。剩来井底胭脂水，学画人间富贵花。"公《咏清凉山桃花》云："倾将一井胭脂水，和就六朝金粉香。"似袭乃妹诗，而风趣转逊。敏悫公未遇时，祖、父俱以罪戍塞外。公南北奔走，备极流离。清凉寺僧号中州者，知为伟人，时周恤之。公赠诗云："须知世上逃名易，只有城中乞食难。"后官制府，为中州弟子丽雅重建清凉寺，殿宇焕然。余过而有感，亦题诗云："细读纱笼数首诗，尚书回首忆前期。英雄第一心开事，挥手千金报德时。"苏州薛皆三进士有句云："人生只有修行好，天下无如吃饭难。"意与方公相似。

【译文】

方敏悫公的第三个妹妹能作诗，自己画了牡丹，上面题诗说："菊瘦兰贫植谢家，愧无春色绘年华。剩来井底胭脂水，学画人间富贵花。"方敏悫公在《咏清凉山桃花》中说："倾将一井胭脂水，和就六朝金粉香。"好像是抄他妹妹的诗，而风趣却又不如他妹妹的诗好。方敏悫公还不得志的时候，祖父，父亲都因犯罪而戍守塞外。公南北奔走，尝尽流离失所的痛苦。清凉寺有个叫中州的僧人，知道他是一个不平凡的人物，经常接济他。公赠给他一首诗说："须知世上逃名易，只有城中乞食难。"后来做知府，为中州的弟子丽雅重修了清凉寺，殿宇焕然一新。我从那里经过十分感慨，也题了一首诗说："细读纱笼数首诗，尚书回首忆前期。英雄第一心开事，挥手千金报德时。"苏州薛皆三进士有诗句说："人生只有修行好，天下无如吃饭难。"意境和方敏悫相公的相似。

以故事育人

【原文】

虞山王次山先生峻，风骨严峭，馆蒋文肃公家，晚不戒于酒，肆口谩骂。蒋家人群欲殴之，文肃呵禁。次日，待之如初。先生不自安，辞去。余己未会试，出文恪公门下，闻此说而疑之。后读先生《哭文肃公》诗云："回首却伤门下士，少时无赖吐车茵。"方知此事信有，愈征文肃之贤，而先生之不讳过也。先生少所许可，独誉枚不绝于口。以故，枚虽报罢鸿词科，而名声稍起公卿间。惜无所树立，以酬先生之知。而先生自劾罢都御史彭茶陵，直声震天下。后竟卧病不起，悲夫！博陵尹元孚先生，少孤贫，以母教成名。督学江南，好教人读《小学》，宗程、朱。余时宰江宁，意趣不合。一日，先生驺唱《三山街》，为某大将军家奴所窘，诈称某王遣来。太守不敢诘，予收缚置狱。先生以此见重。适高相国斌有事来江宁，先生面称枚云："才如子建，政如子产。"亡何，先生薨。予感知己之恩，将赋挽诗，见次山先生四章，不能再出其右，遂搁笔焉。其警句云："母教成三徙，君恩厚两朝。"又曰："士幸方知向，天何遽夺公！"

【译文】

虞山王次山先生，名峻，长得风骨峻奇，住在蒋文肃公家里，晚上不停地喝酒，喝醉便肆意谩骂。蒋家的人都忍不住要想打他，被文肃公喝止住了。第二天，待王次山先生像平日一样。王次山心里很不好意思，于是就告辞走了。我己未年参加会试，只在文恪公门下做学生，听说此事后，有些怀疑。后读王

次山先生写的《哭文肃公》诗中说："回首却伤门下士，少时无赖吐车茵。"才知道确实有这种事情，更加佩服文肃公的贤良，而先生胸襟坦白不掩饰自己的过错。先生很少夸赞别人，独独夸我的时候赞不绝口。因此，我虽考上了进士，名声在公卿间也稍稍传扬，可惜却没什么大的建树，来报答先生的知遇之恩。而先生自从弹劾罢免了都御史彭茶陵后，名声威震天下。后来竟然卧病不起，真是可悲呀！博陵的尹元孚先生，小时候无父家贫，被母亲教育才成名的。在江南督学，喜欢教别人读《小学》，尊崇程、朱。我那时负责江宁事，和他意趣不合。有一天，先生在吟唱诗作《三山街》，被某大将军的家奴所羞辱，他谎称是某王派来的。太守便不敢责问，我就把那家奴捆绑了送进监狱里。先生因为这事而非常看得起我。刚好当时高斌相国来江宁，先生当面称赞我说："才华和曹子建一样，政事和子产一样。"不多久，先生便去世了。我感谢他的知遇之恩，准备写几首挽诗，可当看到王次山先生的四章时，觉得不可以再超过他了，于是就搁笔不写。这四章中有名的句子有："母教成三徙，君恩厚两朝。"又说："士幸方知向，天何遽夺公！"

赋诗抒怀

【原文】

余在王孟亭太守处，翻阅旧簏，得刘大山先生手书诗册。贺其祖楼村修撰《移居》云："官如蚕受茧丝缠，郁郁惟将邸舍迁。家具无多移校易，街坊太远住堪怜。月逢庙市刚三日，俸算词林已六年。闭户忍饥都不患，只愁囊乏买书钱。""碧山堂里老尚书，二十年前此卜庐。任昉交游今在否，羊昙涕泪痛何如。颓廊有甓奔饥鼠，废圃无墙种野蔬。此日君居最相近，教余一到一踌躅。"大山名岩，江浦人，人但知其工作时文，而不知诗才清妙乃尔。所云碧山堂尚书者，即东海徐健庵司寇，领袖名扬者也。查浦先生亦有诗云："分明万壑归东海，不到朝宗转自疑。"可谓善于推尊者矣。

【译文】

我在王孟亭太守那儿，翻阅以前的书卷，有幸得到刘大山先生的手书诗册。有一首是祝贺他的祖父楼村修撰的《移居》说：“官如蚕受茧丝缠，郁郁惟将邸舍迁。家具无多移校易，街坊太远住堪怜。月逢庙市刚三日，俸算词林已六年。闭户忍饥都不患，只愁囊乏买书钱。”“碧山堂里老尚书，二十年前此卜庐。任昉交游今在否，羊昙涕泪痛何如。颓廊有甓奔饥鼠，废圃无墙种野蔬。此日君居最相近，教余一到一踌蹰。”刘大山名岩，江浦人，大家都知道擅长写文章，却不知他的诗也是十分精妙。所说碧山堂尚书，是东海徐健庵司寇，名扬四海的领袖。查浦先生也有诗说：“分明万壑归东海，不到朝宗转自疑。”这可谓善于推崇长辈啊。

诗难事也

【原文】

夫用兵，危事也；而赵括易言之，此其所以败也。夫诗，难事也；而豁达李老易言之，此其所以陋也。唐子西云：“诗初成时，未见可訾处，姑置之。明日取读，则瑕疵百出，乃反复改正之。隔数日取阅，疵累又出，又改正之。如此数四，方敢示人。”此数言，可谓知其难而深造之者也。然有天机一到，断不可改者。余《续诗品》有云：“知一重非，进一重境；亦有生金，一铸而定。”

【译文】

用兵打仗，是一件危险的事；而赵括却说得很轻松，这是他失败的原因。诗歌，是难做的事；而豁达李老却认为容易，这就是他写诗差的原因。唐子西说：“诗刚写成时，看不到可以修改的地方，暂且放一段时间，第二天再取出来读，则觉得有些不好，要反复改才行。隔几天再读，又觉得有些不好，又改一遍。像这样反复三四

次，才敢拿给别人看。”这几句话，可以说是知道诗歌创作的艰难，并深有造诣啊。当然也有灵感一时来了，是不可以修改的。我的《续诗品》有句诗说：“知一重非，进一重境；亦有生金，一铸而定。”

幸露语平安

【原文】

《西河诗话》载：曹能始先生《得家信》诗：“骤惊函半损，幸露语平安。”以为佳句。一客谓：“‘露’字不如‘剩’字之当。大抵‘平安’注函外，损余曰‘剩’，若内露，不必巧值此字矣。”人以为敏。余独谓不然。“剩”字与“半”字不相叫应，函不过半损，则剩者正多，不止“平安”二字。“幸露语平安”，正是偶然触露，所以羁旅之情，为之惊喜耳。若曰不必巧值，则又何以知其必不巧值耶？

【译文】

《西河诗话》中记载：曹能始先生有《得家信》说：“骤惊函半损，幸露语平安。”我认为是好的诗句。一客人说：“‘露’字不如‘剩’字恰当。大概是‘平安’这几个字写在信外，损坏了叫‘剩’，要是在里边，不会这么巧刚好是这几个字。”人们都认为他很聪明。我独不以为然。“剩”字与“半”字不对称，信不过损坏了一半，而剩下的还很多，不止“平安”两个字。“幸运地露出报平安”，正是偶然碰巧的，因为客居异地，所以为此而特别欣喜。如果说不会那么巧，那么又怎么知道它不会那么巧呢？

不能评第一

【原文】

人或问余以本朝诗，谁为第一？余转问其人，《三百篇》以何首为第一？其人不能答。余晓之曰：诗如天生花卉，春兰秋菊，各有一时之秀，不容人为轩轾。音律风趣，能动人心目者，即为佳诗，无所为第一、第二也。有因其一时偶至而论者，如“不愁明月尽，自有夜珠来”一首，宋居沈上。“文章旧价留鸾掖，桃李新阴在鲤庭”一首，杨汝士压倒元、白是也。有总其全局而论者，如唐以李、杜、韩、白为大家，宋以欧、苏、陆、范为大家，是也。若必专举一人，以覆盖一朝，则牡丹为花王，兰亦为王者之香；人于草木，不能评谁为第一，而况诗乎？

【译文】

有人曾经问我本朝写诗的人，谁的诗最好。我就转过来问他：“《三百篇》中哪一首为第一？”那人不能回答。我告诉他：诗就像那天生的花卉，春天的兰花，秋天的菊花，各有各的鲜艳之处，不允许人为地限制它。音律风趣，只要能感动人心愉悦眼睛，就是好诗，并非定要分出第一、第二。有人因为一时灵感而有诗的，像“不愁明月尽，自有夜珠来”一首，宋之问就比沈佺期写的好。“文章旧价留鸾掖，桃李新阴在鲤庭”一首，杨汝士就压倒了元稹与白居易等人。若是从整体上来说，像唐以李白、杜甫、韩愈、白居易为大家，宋代以欧阳修、苏轼、陆游、范仲淹为大家，就是这个道理，如果一定要举出一个人来，压倒一朝代所有的人，那么牡丹是花中之王，兰花也是最香的。人对于草木尚不能评出第一，何况诗歌呢？

诗称家数

【原文】

王梦楼侍讲云：“诗称家数，犹之官称衙门也。衙门自以总督为大，典史为小；然以总督衙门之担水夫，比典史衙门之典史，则亦宁为典史，而不为担水夫。何也？

典史虽小，尚属朝廷命官；担水夫，衙门虽尊，与他无涉。今之学杜、韩不成，而矜矜然自以为大家者，不过总督衙门之担水夫耳。”叶横山先生云：“好摹仿古人者，窃之似，则优孟衣冠；窃之不似，则画虎类狗。与其假人余焰，妄自称尊，孰若甘作偏裨，自领一队？”

【译文】

王梦楼侍讲说：“诗讲究门户派别，就像当官的要讲究衙门一样。衙门中自然是总督的衙门大，典史的衙门小；但以总督衙门里的挑水的人和典史衙门里的典史相比，那也宁肯做典史而不当担水夫。为什么？典史虽然官职低，但却是朝廷命官；担水的人，衙门虽然很尊贵，却和他没有什么关系。现在的人学杜甫、韩愈不成，却飘飘然认为自己已是大家，不过是总督衙门中的挑水夫一样啊！”叶横山先生说：“喜欢模仿古人的，学得像，是穿着行头装模作样，学得不像，则是画虎类狗。与其借别人的火焰，来抬高自己的地位，不如甘作偏裨将官，自领一队。”

各朝富贵诗

【原文】

富贵诗有绝妙者，如唐人：“偷得微吟斜倚柱，满衣花露听宫莺。”宋人：“一院有花春昼永，八荒无事诏书稀。”“烛花渐暗人初睡，金鸭无烟却有香。”“人散秋千闲挂月，露零蝴蝶冷眠花。”“四壁宫花春宴罢，满床牙笏早朝回。”元人：“宫娥不识中书令，问是谁家美少年。”“袖中笼得朝天笔，画日归来又画眉。”本朝商宝意云：“帘外浓云天似墨，九华灯下不知寒。”“那能更记春明梦，压鬟浓香侍宴归。”汤西崖少宰云：“楼台莺蝶春喧早，歌舞江山月坠迟。”张得天司寇云：“愿得红罗千万匹，漫天匝地绣鸳鸯。”皆绝妙也。谁谓“欢娱之言难工”耶？

【译文】

富贵诗当中也有绝妙的，比如唐代人写的："偷得微吟斜倚柱，满衣花露听宫莺。"宋人有诗："一院有花春昼永，八荒无事诏书稀。""烛花渐暗人初睡，金鸭无烟却有香。""人散秋千闲挂月，露零蝴蝶冷眠花。""四壁宫花春宴罢，满床牙笏早朝回。"元人："宫娥不识中书令，问是谁家美少年。""袖中笼得朝天笔，画日归来又画眉。"本朝商宝意说："帘外浓云天似墨，九华灯下不知寒。""那能更记春明梦，压鬓浓香侍宴归。"汤西崖少宰说："楼台莺蝶春喧早，歌舞江山月坠迟。"张得天司寇说："愿得红罗千万匹，漫天匝地绣鸳鸯。"这些都是绝妙的诗句。谁又能说"欢娱的话难以写成工整的诗歌"呢？

吟杨花诗

【原文】

杨花诗最佳者，前辈如查他山云："春如短梦初离影，人在东风正倚栏。"黄石牧云："不宜雨里宜风里，未见开时见落时。"严遂成云："每到月明成大隐，转因云热得佯狂。"薛生白云："飘泊无端疑'白也'，轻盈真欲类'虞兮'。"王菊庄云："不知日暮飞犹急，似爱天晴舞欲狂。"虞东皋云："飘来玉屑缘何软？看到梅花尚觉肥。"意各不同，皆妙境也。近有人以此命题，燕以均云："小院无端点绿苔，问他来处费疑猜。春原不是一家物，花竟偏能离树开。质洁未堪污道路，身轻容易上楼台。随风似怕儿童捉，才扑栏杆又却回。"蔡元春云："沾裳似为衣添絮，扑帽应怜鬓有霜。""似我辞家同过客，怜君一去便无归。"李荄云："偶经堕地时还起，直到为萍恨始休。"杨芳灿云："掠水燕迷千点雪，窥窗人隔一重纱。""愿他化作青萍子，傍着鸳鸯过一生。"方正澍云："春尽不堪垂老别，风停亦解步虚行。"钱履青云："风便有时来砚北，月明无影度墙东。"

【译文】

杨花诗写得最好的，像前辈中查他山说：“春如短梦初离影，人在东风正倚栏。”黄石牧说：“不宜雨里宜风里，未见开时见落时。”严遂成说：“每到月明成大隐，转因云热得佯狂。”薛生白说：“飘泊无端疑‘白也’，轻盈真欲类‘虞兮’。”王菊庄说：“不知日暮飞犹急，似爱天晴舞欲狂。”虞东皋说：“飘来玉屑缘何软？看到梅花尚觉肥。”意各不同，皆妙境也。近有人以此命题，燕以均说：“小院无端点绿苔，问他来处费疑猜。春原不是一家物，花竟偏能离树开。质洁未堪污道路，身轻容易上楼台。随风似怕儿童捉，才扑栏杆又却回。”蔡元春说：“沾裳似为衣添絮，扑帽应怜鬓有霜。”“似我辞家同过客，怜君一去便无归。”李荧说：“偶经堕地时还起，直到为萍恨始休。”杨芳灿说：“掠水燕迷千点雪，窥窗人隔一重纱。”“愿他化作青萍子，傍着鸳鸯过一生。”方正澍说：“春尽不堪垂老别，风停亦解步虚行。”钱履青说：“风便有时来砚北，月明无影度墙东。”

妙在孩子语

【原文】

余常谓：诗人者，不失其赤子之心者也。沈石田《落花》诗云：“浩劫信于今日尽，痴心疑有别家开。”卢仝云：“昨夜醉酒归，仆倒竟三五。摩挲青莓苔，莫嗔惊着汝。”宋人仿之，云：“池昨平添水三尺，失却捣衣平正石。今朝水退石依然，老夫一夜空相忆。”又曰：“老僧只恐云飞去，日午先教掩寺门。”近人陈楚南《题背面美人图》云：“美人背倚玉栏杆，惆怅花容一见难。几度唤他他不转，痴心欲掉画图看。”妙在皆孩子语也。

【译文】

我常说：“诗人，就是怀有赤子之心的人。”沈石田《落花》诗说：“浩劫信于今日尽，痴心疑有别家开。”卢仝说：“昨夜醉酒归，仆倒竟三五。摩挲青莓苔，莫嗔惊着汝。”宋朝有人模仿着作诗说：“池昨平添水三尺，失却捣衣平正石。今朝水退石依然，老夫一夜空相忆。”又说：“老僧只恐云飞去，日午先教掩寺门。”近人陈楚南《题背面美人图》说：“美人背倚玉栏杆，惆怅花容一见难。几度唤他他不转，痴心欲掉画图看。”妙就妙在都是孩子的话。

预知中榜

【原文】

吾乡吴鸿修撰，督学湖南。壬午科，湖南主试者为嘉定钱公辛楣、陕西王公伟人。诸生出闱后，各以闱卷呈吴。吴所最赏者，为丁甡、丁正心、张德安、石鸿翥、陈圣清五人，曰：“此五卷不售，吾此后不复论文矣。”榜发日，吴招客共饮，使人走探。俄而抄榜来，自第六名至末，只陈圣清一人。吴旁皇莫释。未几，五魁报至，则四生已各冠其经，如联珠然。吴大喜过望，一时省下传为佳话。先是，陈太常兆崙在都中，以书贺吴云：“今科楚南得人必盛。”盖预知吴、钱、王三公之能知文，能拔士也。吴首唱一诗，云：“天鼓喧传昨夜声，大宫小徵尽含鸣。当头玉笋排班出，入眼珠光照乘明。喜极转添知己泪，望深还慰树人情。文昌此日欣连曜，谁向西风诉不平。”一时和者三十余人。后甲辰三月，余游匡庐，遇丁君宰星子，为雇夫役，作主人，相与序述前事，彼此慨然。且曰：“正心管领庐山七年，来游者先生一人耳。”

【译文】

我的老乡吴鸿修撰，在湖南任督学。壬午年科举考试，湖南主试者为嘉定钱辛楣公、陕西王伟人公。诸位考生出闱后，都将闱卷上交给吴鸿，吴鸿最欣赏的，是丁甡、丁正心、张德安、石鸿翥、陈圣清五个人，说：“这五份卷如果不能上榜，我今后就不再议论文章了。”发榜的那天，吴鸿召集许多客人一块喝酒，叫人去打探。一会儿抄榜的回来了，从第六名到最后，只有陈圣清一个人。吴鸿一时慌张得不知该如何解释。过一会儿，五魁报到了，前四个人已

都入选五魁之列，如珠联结在一起。吴鸿大喜过望，一时在省里传为佳话。在此之前，陈兆仑太常在都中，寄书信给吴鸿祝贺他说："今年科举中湖南出的人才一定很多。"大约是预先知道吴鸿、钱辛楣和王伟人能选拔名士，能选拔文章。吴鸿先做了一首诗，说："天鼓喧传昨夜声，大宫小徵尽含鸣。当头玉笋排班出，入眼珠光照乘明。喜极转添知己泪，望深还慰树人情。文昌此日欣连曜，谁向西风诉不平。"一时间和他这首诗的有三十多人。后来甲辰三月，我去匡庐旅游，遇上丁正心为星子县令，他为我雇用了仆人，并主动做东招待我，彼此诉说以前种种见闻，互相感慨万端。他说："我管理这庐山七年来，来游玩的只有先生一个人啊。"

应酬诗作

【原文】

予在转运卢雅雨席上，见有上诗者，卢不喜，余为解曰："此应酬诗，故不能佳。"卢曰："君误矣！古大家韩、杜、欧、苏集中，强半应酬诗也。谁谓应酬诗不能工耶？"予深然其说。后见粤西学使许竹人先生自序其《越吟》云："诗家以不登应酬作为高。"余曰："不然。《三百篇》，行役之外，赠答半焉。逮自河梁洎李、杜、王、孟，无集无之。已实不工，体于何有？万里之外，交生情，情生文；存其文，思其事，见其人，又可弃乎？今而可弃，昔可无赠，毋宁以不工规我。"

【译文】

我在转运使卢雅雨的宴席上，见有人送诗来，卢雅雨不喜欢，我宽慰他说："因为这是应酬诗，所以写得不好。"卢雅雨说："你错啦！古代的大家韩愈、杜甫、欧阳修、苏轼的诗集中，大多数都是应酬诗。谁说应酬诗不能写得工整漂亮？"我很认同他的说法。后来见到广西学使许竹人先生自己为他的《越吟》写序说："写诗的人以不写应酬诗为高的境界。"我说："不对。《三百篇》除了描写行役的之外，有一半的诗歌都是应酬的作品。大致是从河梁到李白、杜甫、王维、孟浩然，都有应酬的诗。确实写得不好的，和体例又有什么关系？万里之外的交往也可以产生情感，情感可以产生文章；保存他的文章，想着交往时的事情，见到这个人，又怎会放弃呢？而今若是放弃，过去又没有相互赠送的诗文，千万不要用很差的诗文来规范我。”

改 诗 论

【原文】

诗不可不改，不可多改。不改，则心浮；多改，则机窒。要像初拓《黄庭》，刚到恰好处。孔子曰：“中庸不可能也。”此境最难。予最爱方扶南《滕王阁》诗云：“阁外青山阁下江，阁中无主自开窗。春风欲拓滕王帖，蝴蝶入帘飞一双。”叹为绝调。后见其子某云：“翁晚年嫌为少作，删去矣。”予大惊，卒不解其故。桐城吴某告予云：“扶南三改《周瑜墓》诗，而愈改愈谬。”其少作云：“大帝君臣同骨肉，小乔夫婿是英雄。”可称工矣。中年改云：“大帝誓师江水绿，小乔卸甲晚妆红。”已觉牵强。晚年又改云：“小乔妆罢胭脂湿，大帝谋成翡翠通。”真乃不成文理！岂非朱子所谓“三则私意起而反惑”哉？扶南与方敏恪公为族兄，敏恪寄信，苦劝其勿改少作，而扶南不从。方知存几句好诗，亦须福分。

【译文】

诗写好后一定要修改，但也不可以多改。诗要不改，就会心里不安；诗要多改，就失了趣味。就像临摹《黄庭》经一样，要刚刚写得恰到好处。孔子说：“中庸是不可能的。”这是最困难的境界。我最喜欢方扶南《滕王阁》诗说：“阁外青山阁下江，阁中无主自开窗。春风欲拓滕王帖，蝴蝶入帘飞一双。”叹为绝唱。后见他的儿子说：“父亲晚年嫌它是年轻时写的，于是就把它删了。”我大吃一惊，怎么也不理解其中的缘故。桐城吴某告诉我说：“扶南曾将《周瑜墓》诗修改了三次，但却越改越差。”他年轻时写：“大帝君臣同骨肉，小乔夫婿是英雄。”可以称得上对仗十分工整。中年改作：“大帝誓师江水绿，小乔卸甲晚妆红。”但已经觉得有些牵强附会了。晚年又改诗：“小乔妆罢胭脂湿，大帝谋成翡翠通。”真是毫无文理！这岂不是朱子所说的“私下里三次回想反而疑虑起来了吗？”方扶南和方敏恪公是族兄弟，敏恪给他寄信，苦苦劝诫他不要改年轻时的作品，而扶南就是不听。这才知道要保存几句好诗，也得有福分。

刚 柔 相 济

【原文】

诗虽奇伟，而不能揉磨入细，未免粗才；诗虽幽俊，而不能展拓开张，终窘边幅。有作用人，放之则弥六合，收之则敛方寸，巨刃摩天，金针刺绣，一以贯之者也。诸葛躬耕草庐，忽然统师六出；蕲王中兴首将，竟能跨驴西湖。圣人用行舍藏，可伸可屈，于诗亦可一贯。书家“北海如象，不及右军如龙”，亦此意耳。余尝规蒋心馀云：“子气压九州矣，然能大而不能小，能放而不能敛，能刚而不能柔。”心馀折服曰：“吾今日始得真师。”真虚心如此。

【译文】

诗虽然写得雄奇伟岸，但如果不能细微入理，也不免是一个粗庸的人才罢了。诗写得虽然幽静俊逸，但不能拓宽意境，终究会在边幅上受到限制。真正有本事的人，放开则能充斥于天地之间，收回则可在方寸之间，巨刀直插青天，金针刺绣，都是统一的。诸葛亮在草庐曾耕种田地，又忽然统率大军六出祁山；韩蕲王是中兴的首要将领，却能在西湖边骑驴漫游。圣人被任用则出仕，不被任用则退隐，能屈能伸，对诗也是一个道理。书家说：“李北海像一头大象，比不上王右军如龙。”也是这个意思。我曾经劝蒋心馀说：“你的气概可以压倒九州，但却能大而不能小，能放而不能收，能刚而不能柔。”蒋心馀佩服地说：“我今天才算真的找到了老师。”他竟然虚心到这种地步。

贤人留恋故地

【原文】

贤者多情，每离所官之地，动致留连。韩魏公离黄州，依依不舍。尹太保四督江南，三十余年。乙酉入相，正值重九之时，先别栖霞，再辞蜀阜，凄然泣下。公不能舍江南，犹江南之人亦不能舍公也。余送至清江浦，每晚必见。及渡黄河，公犹教以明晨作别。临期，余乍盥面，而公遣家人来云：“公已上马行矣！”盖恐面别之难为情耳。后从京师寄诗云：“歌到离亭声断续，人分淮浦影东西。”又曰：“三年只觉流光速，一别方知见面难。”

【译文】

贤能的人一般都十分多情，每次离开当官的地方，动身前就会非常留恋。韩魏公离开黄州的时候，依依不舍。尹太保四次督察江南，总共在江南待了三十多年，乙酉年又当了宰相，正值重阳节的时候，先生别了栖霞，又辞离蜀阜，凄凉悲伤地哭了。太保不能舍弃江南，就像江南人不能舍弃太保一样。我送他到清江浦，每天晚上必然相见。等到渡黄河的时候，公还没有离去，又说明天再告别。等到了快要走的时候，我刚洗好脸，而公就派家人来说：“公已经上马走了！”肯定是怕当面告别难为情。后来又从京师寄诗说：“歌到离亭声断续，人分淮浦影东西。”又说：“三年只觉流光速，一别方知见面难。”

忠臣与孝子

【原文】

古之忠臣孝子，皆情为之也。胡忠简公劾秦桧，流窜海南，临归时， 恋恋于黎倩，此与苏子卿娶胡妇相类。 盖一意孤行之士，细行不矜，孔子所谓“观过知仁”，正此类也。

【译文】

古代的忠臣、孝子，都是情感的作用使然。胡忠简公弹劾秦桧，被流放到海南，回来的时候，对黎族仆人十分留恋，这和苏武娶匈奴女子十分类似。大约一意孤行的人，细节都不拘束，孔子所说的：“观察他的过失才深知他的仁德”，正是指这类人。

闺秀能文

【原文】

闺秀能文，终竟出于大家。张侯家高太夫人著《红雪轩稿》，七古排律至数十首，盛矣哉！ 其本朝之曹大家乎？ 夫宗仁，袭封靖逆侯，家资百万，以好客喜施，不二十年，费尽而薨。夫人暗埋三十万金于后园，交其儿谦，始能袭职。其识力如此。夫人名景芳，父琦，为浙闽总督。作女儿时，年十五,《晨妆》云：“妆阁开清晓，晨光上画栏。未曾梳宝髻，不敢问亲安。妥贴加钗凤，低徊插佩兰。隔帘呼侍婢，背后与重看。”又《示谦儿》云：“高捧名花求插髻，遍寻佳果劝尝新。”

【译文】

闺房中的小姐能够写文章，毕竟都是出生成长于大家族。张侯家高太夫人写有《红雪轩稿》，七言古体律诗竟然有几十首，实在是太丰富了！好比是汉朝的曹大家。她的丈夫宗仁，承袭分封为靖逆侯，家中有资产百万，因为好客乐于施舍，不到二十岁，就家产耗尽而死掉了。夫人暗地里埋了三十万两银子在后花园，交给他的儿子谦，因此，谦才能承袭他父亲的职位，夫人的见识如此长远。夫人名叫景芳，她父亲叫琦，是浙闽总督。她在未出阁的时候，年纪才十五岁，就有诗《晨妆》说："妆阁开清晓，晨光上画栏。未曾梳宝髻，不敢问亲安。妥贴加钗凤，低徊插佩兰。隔帘呼侍婢，背后与重看。"又有一首《示谦儿》说："高捧名花求插髻，遍寻佳果劝尝新。"

论 因 缘

【原文】

余不喜佛法，而独取"因缘"二字，以为足补圣经贤传之缺。身在名场五十余年，或未识面而相憎，或未识面而相慕，皆有缘、无缘故也。己亥省墓杭州，王梦楼太守来云："商丘陈药洲观察，愿见甚切。"予不解何故。晤后，方知其尊人讳履中者，曾在尹制府署中读余诗而爱之，事已三十余年。其夫人李氏见余名纸，诧曰："是子才耶？吾先尹门下士也。"盖夫人为存存先生之女。先生名惺，宰钱塘时，枚年十二，应童子试，受知入泮。因有两重世好，欢宴月余。别后，观察《见怀》云："早从仙佛参真谛，且向渔樵伴此身。"又曰："犹记何郎年少日，新诗赏共沈尚书。"

【译文】

我不喜欢佛法，而单单欣赏"因缘"二字，认为它足以弥补古圣先贤经典的不足。我在名利场上混了五十多年，有还没有见过面就讨厌的人，也有没有见面就十分倾慕的人，这都是有缘与无缘的缘故。已亥年，我去杭州扫墓，王梦楼太守来对我说："商丘陈药洲观察，非常想见你。"我不明白这是为什么。见面后，才知道他的长辈中有个叫履中的，曾在尹制府官邸中读我的诗并且很喜欢，这事已过去三十多年了。他的夫人李氏见了我的名帖，惊诧地说："是子才吗？这是我先父门下的客人。"夫人是存存先生的女儿。先生名悝，主管钱塘的时候，我才十二岁，去考童子试，受到他的照顾。因为有两重的世交，所以在一起欢宴一个多月。分别后，观察作了一首诗《见怀》怀念说："早从仙佛参真谛，且向渔樵伴此身。"又说："犹记何郎年少日，新诗赏共沈尚书。"

席间赋诗

【原文】

乾隆辛未，予在吴门。五月十四日，薛一瓢招宴水南园。座中叶定湖长杨、虞东皋景星、许竹素廷鑅、李客山果、汪山樵俊、俞赋拙来求，皆科目耆英，最少者亦过花甲；惟余才三十六岁，得遇此会。是夕大雨，未到者沈归愚宗伯、谢淞洲徵士而已。叶年八十五。诗云："潇潇风雨满池塘，白发清尊扫叶庄。不有忘形到尔汝，那能举座尽文章。轩窗远度云峰影，几席平分水竹光。最是葵榴好时节，醉吟相赏昼方长。"虞八十有二，句云："入座古风堪远俗，到门新雨欲催诗。"俞六十有九，句云："社开今栗里，树老古南园。"次月，一瓢再招同人相会，则余归白下，竹素还太仓，客山死矣。主人之孙寿鱼赋云："照眼芙蕖半开落，满堂名士各西东。"

【译文】

乾隆辛未年，我在吴门地区。五月十四日，薛一瓢在水南园举行宴会。座中有叶定湖长杨、虞东皋景星、许竹素廷鑅、李客山果、汪山樵俊、俞赋拙来求，都是科举中的老英雄了，最小的也已是花甲之年了，只有我才三十六岁，就有幸参加这次宴会。当晚下大雨，没有到的只是沈归愚宗伯、谢淞洲徵士。叶定湖已年过八十五岁，写诗说："潇潇风雨满池塘，白发清尊扫叶庄。

不有忘形到尔汝，那能举座尽文章。轩窗远度云峰影，几席平分水竹光。最是葵榴好时节，醉吟相赏昼方长。”虞东皋八十二岁了，有诗句说：“入座古风堪远俗，到门新雨欲催诗。”俞赋拙六十九岁了，有诗说：“社开今栗里，树老古南园。”第二个月，一瓢又招集这些人相会，可是我已回到了白下，竹素远到太仓，客山已经死了。主人的孙子寿鱼写诗说：“照眼芙蕖半开落，满堂名士各西东。”

仿古风

【原文】

升平日久，海内殷富，商人士大夫慕古人顾阿瑛、徐良夫之风，蓄积书史，广开坛坫。扬州有马氏秋玉之玲珑山馆，天津有查氏心縠之水西庄，杭州有赵氏公千之小山堂，吴氏尺凫之瓶花斋，名流宴咏，殆无虚日。许珮璜刺史赠查云：“庇人孙北海，置驿郑南阳。”其豪可想。此外，公卿当事，则有唐公英之在九江，鄂公敏之在西湖，皆以宏奖为己任。不四十年，风流顿尽。唐公号蜗寄老人，司九江关，悬纸墨笔砚于琵琶亭，客过有题诗者，命关吏开列姓名以进。公读其诗，分高下，以酬赠之。建白太傅祠，肖己像于旁。甲辰冬，余过九江，则太傅祠改作戏台，唐公像亦不见。

【译文】

太平盛世的时间长了，海内各地都很富裕，众位商人士大夫羡慕古人顾阿瑛、徐良夫的风范，都开始藏蓄史书，广开讲坛。扬州有马秋玉的“玲珑山馆”，天津有查心縠的“水西庄”，杭州有赵公千的“小山堂”，吴尺凫的“瓶花斋”。名流们都在这些地方设宴吟诗，竟没有一天空闲的日子。许佩璜刺史赠查心縠说：“像孙北海那样庇护别人，像郑南阳那样设置驿站。”他的豪情由此可想而知。此

外，公卿主事的时候，就有唐英公在九江，鄂敏公在西湖，他们都是以培养别人为己任。不到四十年，这些风流人物就都消失了。唐公号蜗寄老人，管理九江关，在琵琶亭上悬挂笔墨纸砚，路过的客人有题诗的，就让关吏开个名单然后请进来。唐公读他的诗，分出高下，并给予酬金相赠。后来修建了白太傅祠，画自己的像挂在旁边。甲辰年冬天，我路过九江时，太傅祠已改做戏台，唐公的像也已不见了。

儒释名家

【原文】

乾隆初，杭州诗酒之会最盛。名士杭、厉之外，则有朱鹿田樟、吴鸥亭城、汪抱朴台、金江声志章、张鹭洲湄、施竹田安、周穆门京，每到西湖堤上，掎裳联袂，若屏风然。有明中、让山两诗僧留宿古寺，诗成传抄，纸价为贵。《南屏坐雨》诗云："一角山昏秋欲晚，满窗叶战雨来初。"张云："荷声冷带跳珠雨，铎语遥飞泼墨山。"汪云："云气半遮山下塔，秋光早入水边村。"施云："浓云拥树湖先暝，凉雨到窗山欲应。"让山句如"多情无过鸟，到处似留人"，"室敞许云住，竹深无暑通"，"树声满壑秋初到，山影一池泉洗青"。明中句如"烧烟隔岸水犹静，初日到窗山自移"，皆可爱也。四十年来，儒、释两门，一齐寂灭，竟无继起者。

【译文】

乾隆初年，杭州喝酒作诗的聚会十分盛行。知名人士中除杭、厉之外，还有像朱鹿田字樟、吴欧亭字城、汪抱朴字台、金江声字志章、张鹭字洲湄、施竹田字安、周穆门字京，每次来到西湖堤上，衣服飘飘相互联句谈文，就好像在家中欢聚一样。明中、让山两诗僧留宿在一座古寺里，诗写好后，诗就被相互传抄，当时连纸都因为这事而涨价了。朱鹿田写有《南屏坐雨》，诗里说："一角山昏秋欲晚，满窗叶战雨来初。"张鹭又说："荷声冷带跳珠雨，铎语遥飞泼墨山。"汪抱朴说："云气半遮山下塔，秋光早入水边村。"施竹田却说：

"浓云拥树湖先暝，凉雨到窗山欲应。"让山有诗句说："多情无过鸟，到处似留人。""室敞许云住，竹深无暑通"，"树声满壑秋初到，山影一池泉洗青"。明中有诗句说："烧烟隔岸水犹静，初日到窗山自移。"这些都是十分可爱的。四十年来，儒学、佛学两门，都已沉寂了，在他们之后居然再没有有成就的名家学士。

身份不等心胸不同

【原文】

凡作诗者，各有身份，亦各有心胸。毕秋帆中丞家漪香夫人有《青门柳枝词》云："留得六宫眉黛好，高楼付与晓妆人。"是闺阁语。中丞和云："莫向离亭争折取，浓阴留覆往来人。"是大臣语。严冬友侍读和云："五里东风三里雪，一齐排着等离人。"是词客语。夫人又有句云："天涯半是伤春客，飘泊烦他青眼看。"亦有慈云护物之意。张少仪观察和云："不须看到婆娑日，已觉伤心似汉南。"则的是名场耆旧语矣。

【译文】

凡是写诗的，各有身份，也各有心胸。毕秋帆中丞家的漪香夫人有《青门柳枝词》说："留得六宫眉黛好，高楼付与晓妆人。"这是闺房里的话。中丞和这首诗说："莫向离亭争折取，浓阴留覆往来人。"这是大臣所讲的话。严冬友侍读和这首诗说："五里东风三里雪，一齐排着等离人。"这是词客所讲的话。夫人又有诗句说："天涯半是伤春客，飘泊烦他青眼看。"也有慈云护物的意思。张少仪观察和这首诗说："不须看到婆娑日，已觉伤心似汉南。"这表现的却是名利场中的常见的现象啊。

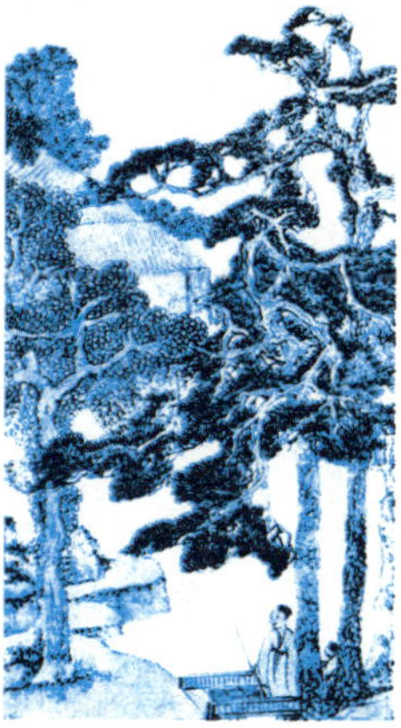

用成语作妙诗

【原文】

诗用经书成语，有对仗极妙者。前辈卢玉岩云："头既责余余责头，腹亦负公公负腹。"近人吴文溥云："人非磨墨墨磨人，我自注经经注我。"姚念慈云："野无青草霜飞后，菊有黄花雁到初。"汪韩门云："白凫化后成衰老，黄雀飞来谢少年。"胡稚威云："春水绿波芳草色，杂花生树乱莺飞。"朱鹿田《得子》云："我求壮艾三年药，汝似王瓜五月生。"皆用经书、乐府成语也。余戏集乐府云："背画天图，子星历历；东升日影，鸡黄团团。"

【译文】

诗歌中用经书中的成语，有对仗极妙的。前辈卢玉岩有一句诗中说："头既责余余责头，腹亦负公公负腹。"近代人吴文溥说："人非磨墨墨磨人，我自注经经注我。"姚念慈说："野无青草霜飞后，菊有黄花雁到初。"汪韩门说："白凫化后成衰老，黄雀飞来谢少年。"胡稚威说："春水绿波芳草色，杂花生树乱莺飞。"朱鹿田有《得子》诗说："我求壮艾三年药，汝似王瓜五月生。"这些诗文里都用到了经书、乐府中的成语。我戏称集乐府诗："背画天图，子星历历；东升日影，鸡黄团团。"

取其精华弃其糟粕

【原文】

题古迹能翻陈出新最妙。河南邯郸壁上或题云："四十年中公与侯，虽然是梦也风流。我今落魄邯郸道，要替先生借枕头。"严子陵钓台或题云："一着羊裘便有心，虚名传诵到如今。当时若着蓑衣去，烟水茫茫何处寻？”凡事不能无弊，学诗亦然。学汉、魏《文选》者，其弊常流于假；学李、杜、韩、苏者，其弊常失于粗；学王、孟、韦、柳者，其弊常流于弱；学元、白、放翁者，其弊常失于浅；学温、李、冬郎者，其弊常失于纤。人能取诸家之精华，而吐其糟粕，则诸弊尽捐。大概杜、韩以学力胜，学之，刻鹄不成，犹类鹜也；太白、东坡以天分胜，学之，画虎不成，反类狗也。佛云：“学我者死。”无佛之聪明而学佛，自然死矣。

【译文】

题古迹能翻陈出新是最妙的。河南邯郸有一块墙壁上有人题诗说：“四十年中公与侯，虽然是梦也风流。我今落魄邯郸道，要替先生借枕头。”严子陵钓台有人题诗说：“一着羊裘便有心，虚名传诵到如今。当时若着蓑衣去，烟水茫茫何处寻？”凡事不能没有弊端，学诗也是这样。学汉、魏《文选》的，文章风格颇显太假；学李白、杜甫、韩愈、苏轼的，文风显得粗糙；学王维、孟郊、韦庄、柳宗元的，文风显得太弱；学元稹、白居易、陆游的，其弊端常流于浮浅；学温庭筠、李商隐、韩偓的，其文风显得过于细弱。人能吸取从前名家的精华，而吐其糟粕，则这些弊端尽数扔去。大概杜甫、韩愈靠自身渊博的学问来取胜，学习他们，就像要雕刻鸿鹄一样，不成还可以像鹜。太白、东坡靠天分取胜，学他们，画虎不成反类犬。佛祖说：“学习我的人就会死。”没有佛祖的聪明却去学佛祖，自然是找死了。

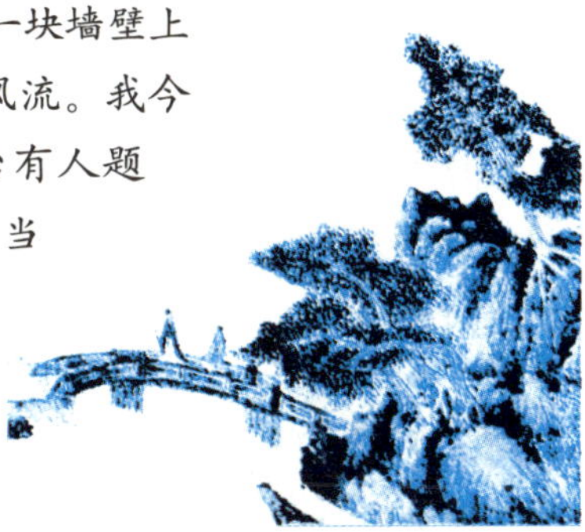

女人建功

【原文】

女心外向，自古为然。南越古蛮洞，秦时最强，俗尤善弩，每发铜箭，贯十余人。赵佗畏之。蛮王有女兰珠，美而艳，制弩尤精。佗乃遣子某赘其家。不三年，尽得其制弩破弩之法。遂起兵伐之，虏蛮王以归。此事见《粤峤志》。余赋诗云："赵王父子开边界，赖种兰珠一朵花。铜弩三千随婿去，女儿心太为夫家。"按后世开边，往往收功于妇人。洪武时，贵州宣慰使霭翠妻奢香，为都督马聘所裸挞，乃走诉京师。太祖问："朕为汝报仇，何以报我？"曰："愿立龙场九驿，通黔、蜀之道。"后果如其言。吴明卿诗云："君不见蜀道之辟五丁神，犍为万卒迷无津。帐中坐叱山河走，谁道奢香一妇人。"

【译文】

女人心向外，自古就是这样。南越古蛮洞，秦时最为强盛，风俗都擅长射箭，每发一箭，可以穿十多个人。赵佗十分害怕他们。蛮王有女兰珠，美丽艳绝，制作弓箭特别精巧。赵佗就让他的儿子上蛮王家做女婿。不到三年，尽得她制弓破弓的方法。于是起兵讨伐，虏掠蛮王归来。这事在《粤峤志》里有记载。我赋诗说："赵王父子开边界，赖种兰珠一朵花。铜弩三千随婿去，女儿心太为夫家。"后世开拓边界，往往在妇人身上成功。洪武时候，贵州宣慰使霭翠娶了奢香作妻，被都督马聘剥光衣服鞭打，于是就逃到了京师。太祖问："我为你报仇，你用什么来报答我？"她说："愿在龙场建九道驿站，以通贵州、四川的道路。"后来果然做到了。吴明卿有诗说："君不见蜀道之辟五丁神，犍为万卒迷无津。帐中坐叱山河走，谁道奢香一妇人。"

后宫轶事

【原文】

汪舒怀先生云："钱笺杜诗，穿凿附会，令人欲呕。如以黄河十月冰为椟盖之水，煎弦续胶为美馔愈疾，以《洗兵马》、《收两京》二篇为刺肃宗，比之商臣、杨广，此岂少陵忠君爱国之心耶？尤可笑者，跋元人汪水云诗：'客中忽忽又重阳，满酌葡萄当菊觞。谢后已叨新圣旨，谢家田土免输粮。''第二筵开八九重，君王把酒劝三宫。酡酥割罢行酥酪，又进椒盘剥嫩葱。’就此二首，遂以为谢后有失节之事。按《宋史》：理宗谢后宝庆三年册立，垂四十年。而度宗嗣位，尊为太皇太后，已老病不能听政。德祐二年，宋亡，徙越七年而崩，寿七十四。是至燕时，已六十七矣，宁有刘曜羊后之虑哉？水云又咏宋宫人分嫁北匠云：‘君王不重色，安肯留金闺？’则世祖为人可知。《元史》又称宏吉剌皇后见幼主入朝而不乐，为全太后不习水土，代奏乞放还江南。帝虽不许，而封幼主为瀛国公。则别置邸第，完全眷属可知。水云诗云：‘昭仪别馆香云暖，手把诗书授国公。’是王昭仪亦未入元宫也。”

【译文】

汪舒怀先生说：“单纯模仿杜诗，穿凿附会，令人作呕。就像以黄河十月间的水作为卖的水，煎的弦、胶用来作为治病的美食，以《洗兵马》、《收两京》二篇为例来讽刺肃宗，和商臣、杨广相比，这难道就是杜少陵忠君爱国的心愿吗？最为可笑的是，元朝末期人汪水云的诗说：‘客中忽忽又重阳，满酌葡萄当菊觞。谢后已叨新圣旨，谢家田土免输粮。’‘第二筵开八九重，君王把酒劝三宫。酡酥割罢行酥酪，又进椒盘剥嫩葱。’就这两首，就认为谢后有失节的事。按《宋史》上说：理宗谢后宝庆三年就被册立，快接近四十年，而后度宗被立为继位人，拜谢后为太皇太后，她已经老得不能听政了。德祐二年，宋朝灭亡，又过了七年她死了，七十四岁寿终。到燕京的时候已经六十七了，怎么会有刘曜羊后的忧虑呢？水云又赞颂宋宫人分嫁北匠说：‘君王不重色，为什么会留那些美人在宫中呢？’那么从这些事就可知元世祖的为人。《元史》又说宏吉剌皇后，见幼主入朝而感到不高兴，由于全太后水土不服，代她奏乞求放还江南。帝虽然不许，就封幼主为瀛国公，在别处建了官邸，可以把家眷都安排到了那里。水云的诗说：‘昭仪别馆香云暖，手把诗书授国公。’这说明王昭仪一直没有进入元的后宫。”

文简谈画

【原文】

雍正甲寅，海宁陈文简公予告在家，来游西湖。人知三朝元老，观者如堵。余年十九，犹及仰瞻风采。先生仙风道骨，年已八十，犹替人题陈章侯《莲鹭图》云："墨花吹得绿差差，小景分来太液池。白鹭不飞莲不谢，摇风立雨已多时。"书法绝似董香光。余生平所见翰林前辈，如徐蝶园相国、陈文简公、黄昆圃中丞、熊涤斋太史，皆鲁灵光也。

【译文】

雍正甲寅年，海宁陈文简公告老还乡，来游玩西湖。人们知道他是三朝元老，成千上万的人都来拜访他。我那时十九岁，也十分荣幸见到了他。先生仙风道骨，已是八十高龄，还替人题陈章侯《莲鹭图》说："墨花吹得绿差差，小景分来太液池。白鹭不飞莲不谢，摇风立雨已多时。"书法酷似董香光。我平生所见到的翰林前辈，像徐蝶园相国、陈文简公、黄昆圃中丞、熊涤斋太史，都是如西汉鲁恭王所建灵光殿一般，历尽劫难，岿然独存的人物。

文贵在曲婉

【原文】

凡做人贵直，而作诗文贵曲。孔子曰："情欲信，词欲巧。"孟子曰："智譬则巧，圣譬则力。"巧，即曲之谓也。崔念陵诗云："有磨皆好事，无曲不文星。"洵知言哉！

或问："诗如何而后可谓之曲？"余曰："古诗之曲者，不胜数矣。即如近人王仔园《访友》云：'乱乌栖定夜三更，楼上银灯一点明。记得到门还不扣，花阴悄听读书声。'此曲也；若到门便扣，则直矣。方蒙章《访友》云：'轻舟一路绕烟霞，更爱山前满涧花。不为寻君也留住，那知花里即君家。'此曲也；若知是君家，便直矣。宋人《咏梅》云：'绿杨解语应相笑，漏泄春光恰是谁？'《咏红梅》云：'牧童睡起朦胧眼，错认桃林欲放牛。'咏梅而想到杨柳之心，牧童之眼，此曲也；若专咏梅花，便直矣。"

【译文】

做人贵在真率耿直，而作诗写文章则贵在曲折委婉。孔子说："抒情要真诚，文词要巧妙。"孟子说："智慧多了则生巧妙，圣理熟知则有力量。"巧，就是指曲折委婉。崔念陵诗说："有靡皆好事，无曲不文星。"可以说是知道其中的道理了。

有人问："作什么样的诗文才能称为曲折委婉？"我以为：古诗中曲折委婉的，不计其数；就像近代人王仔园《访友》说："乱乌栖定夜三更，楼上银灯一点明。记得到门还不扣，花阴悄听读书声。"这就是曲折委婉。如果一到门口就敲门，就太直接啦。方蒙章的《访友》说："轻舟一路绕烟霞，更爱山前满涧花。不为寻君也留住，那知花里即君家。"这也是曲折委婉。如果一开始知道就是朋友家，就太直白了。宋朝人写《咏梅》说："绿杨解语应相笑，漏泄春光恰是谁？"《咏红梅》说："牧童睡起朦胧眼，错认桃林欲放牛。"本来是咏梅，想到的却是杨柳的心思，牧童的眼睛，这就是曲折委婉；如果只写梅花，就会直而不曲，少了味道。

野外诗意

【原文】

诗虽贵淡雅，亦不可有乡野气。何也？古之应、刘、鲍、谢、李、杜、韩、苏，皆有官职，非村野之人。盖士君子读破万卷，又必须登庙堂，览山川，结交海内名流，然后气局见解，自然阔大；良友琢磨，自然精进。否则，鸟啼虫吟，沾沾自喜，虽有佳处，而边幅固已狭矣。人有乡党自好之士，诗亦有乡党自好之诗。桓宽《盐铁论》曰：“鄙儒不如都士。”信矣。

【译文】

诗歌虽然贵在淡雅，但也不可以有田野之气。为什么？古代的应、刘、鲍、谢、李、杜、韩、苏，都是做官的人，并非村野俗人。士大夫和君子们读书破万卷，又要在官府任职，游览名山大川，结交四海五洲的名流，然后写诗时的气势及见解，自然会变得广阔宏大；良友相互探讨，诗艺自然会有很大的长进。否则，像鸟叫虫鸣一样，沾沾自喜，虽然也会有写得很好的地方，但终究视野太狭窄了。人有乡党交好的朋友，诗也有乡党结交相好的诗。桓宽在《盐铁论》里说：“鄙薄的儒生还比不上京城的士人。”这些都是很有道理的。

才女嫁俗商

【原文】

古闺秀能诗者多，何至今而杳然？余宰江宁时，有松江女张氏二人，寓居尼庵，自言文敏公族也。姊名宛玉，嫁淮北程家，与夫不协，私行脱逃。山阳令行文关提，余点解时，宛玉堂上献诗云：“五湖深处素馨花，误入淮西估客家。得遇江州白司马，敢将幽怨诉琵琶？”余疑倩人作，女请面试。予指庭前枯树为题，女曰：“明府既许婢子吟诗，诗人无跪礼，请假纸笔立吟，可乎？”余许之。乃倚几疾书曰：“独立空庭久，朝朝向太阳。何人能手值，移作后庭芳？”未几，山阳冯令来，予问：“张女事作何办？”曰：“此事不应断离；然才女嫁俗商，不称，故释其背逃之罪，且放归矣。”问：“何以知其才？”曰：“渠献诗云：‘泣请神明宰，容奴返故乡。他时化蜀鸟，衔结到君旁。'"冯故四川人也。

【译文】

古代闺秀中能写诗的人很多，为什么今天却没有了呢？我在江宁当县令的时候，有松江女子张氏二人，借住在尼姑庵里，自称是文敏公的族人。姐姐叫宛玉，嫁给淮北程家，和丈夫合不来，私自逃跑了。山阳令行文关提，我在审理点解时，宛玉堂上献诗说："五湖深处素馨花，误入淮西估客家。得遇江州白司马，敢将幽怨诉琵琶？"我怀疑是别人替她写的，她请求面试。我指庭前一枯死的树为题，该女说："明府既然允许我作诗，诗人没有跪拜的礼节，请给我拿纸笔让我站起来作诗，可以吗？"我答应了。她靠着几案奋笔疾书道："独立空庭久，朝朝向太阳。何人能手值，移作后庭芳？"不久，山阳冯县令来了，我问他："张女的事怎么办？"他回答说："这事不应判离婚；可是才女嫁给俗气的商人，实在不相称，因此应该免去她背叛逃跑的罪名，放她回去吧。"我又问："凭什么知道她有才学？"回答说："她献诗说：'泣请神明宰，容奴返故乡。他时化蜀鸟，衔结到君旁。'"冯县令是四川人。

论《声调谱》

【原文】

近有《声调谱》之传，以为得自阮亭，作七古者，奉为秘本。余览之，不觉失笑。夫诗为天地元音，有定而无定，到恰好处，自成音节，此中微妙，口不能言。试观《国风》、《雅》、《颂》、《离骚》、《乐府》，各有声调，无谱可填。杜甫、王维七古中，平仄均调，竟有如七律者；韩文公七字皆平，七字皆仄；阮亭不能以四仄三平之例缚之也。倘必照曲谱排填，则四始六义之风扫地矣。此阮亭之七古，所以如杞国伯姬，不敢挪移半步。

【译文】

近来有《声调谱》流传，都认为是从王阮亭那儿传下来的，写七言古诗的

那些人，都把它当成宝贝。我看后忍不住想笑。诗是天地间最天然的声音，虽然有规矩，却也没有一定规矩，到了恰好的地方，自然会成音节，这当中的奥妙，不是语言能表达出来的。试看《国风》、《雅》、《颂》、《离骚》、《乐府》，都各自有自己的声调，却无谱可填。杜甫、王维的七言古诗中，平仄均调，竟像是七律似的；韩文公七字都使用平调，有七字都是仄调；王阮亭不能以四仄三平的规定来束缚声律的使用。倘若一定要按照曲谱来填字，那么“四始”“六义”之风就完全没有用了。这是王阮亭的七言古诗，所以像杞国的伯姬，不敢往别处移动半步。

论诗的悟性

【原文】

诗虽小技，然必童而习之，入手先从汉、魏、六朝，下至三唐、两宋，自然源流各得，脉络分明。今之士大夫，已竭精神于时文八股矣；宦成后，慕诗名而强为之，又慕大家之名而狭取之。于是所读者，在宋非苏即黄，在唐非韩则杜，此外付之不观。亦知此四家者，岂浅学之人所能袭取哉？于是专得皮毛，自夸高格，终身由之，而不知其道。《书》曰：“德无常师，主善为师。”子贡曰：“夫子焉不学？而亦何常师之有？”此作诗之要也。陶篁村曰：“先生之言固然，然亦视其人之天分耳。与诗近者，虽中年后，可以名家；与诗远者，虽童而习之，无益也。磨铁可以成针，磨砖不可以成针。”

【译文】

诗歌虽然是雕虫小技，但是却必须从小时候就开始打基础，先从汉、魏、六朝学起，下至初唐、盛唐、晚唐、两宋，自然而然各派的风格都能学到，脉络自然也就能分明。现在的士大夫，都把精力浪费在当时八股文上；当官后，因为羡慕诗名而勉强作起诗来，又因为羡慕大诗人的名气在很小范围内去学。于是他们所读的，在宋朝不是苏轼就是黄庭坚，在唐朝不是韩愈就是杜甫，此外再没有什么可看的了。孰知这四家的诗，岂是学问浅薄的一下就能学来的？于是只得了一些皮毛，自夸风格高雅得不得了，终身如此，而不知道作诗的深刻道理。《书》说："德行上没有固定的老师，只要以善为师就可以了。"子贡说："夫子岂能不学？但哪能有固定老师呢？"这是写诗的要旨。陶篁村说："先生的话固然是对的，但是这也要看个人的天分。对诗歌有悟性的人，虽是中年之后才学的，也可以成为名家；没有天分的人，即便是从孩童时就学起，也没有用。铁杵可以磨成针，但是如果想把石砖磨成针却是不行的。"

美妙的诗

【原文】

宜兴储氏多古文经义之学，少吟诗者。吾近今得二人焉：一名润书，字玉琴。《赠梅岑》云："一曲吴歌酒半醺，当筵争识杜司勋。天花作骨丝难绣，春水如情剪不分。话到西窗刚近月，人于东野愿为云。应知此后相思处，日日江头倚夕曛。"又句云："山气作寒啼鸟外，春阴如梦落花初。"其一名国钧，字长源。《梁溪》云："纸鸢轻飏午晴开，杂沓游人傍水隈。多半画船犹未拢，知从池上饲鱼来。"《即目》云："日午横塘缓棹过，风吹花气荡层波。依篷不肯轻回首，近水楼台茜袖多。"晚年飘泊，《六十自寿》云："谁言老去离家惯，转恐归来卒岁难。"窘状可想。他如"树凉宜散帙，梅尽始熏衣。""烟消松翠淡，雪堕柳枝轻。""酒旗翻冻雪，土锉燎征衣"。"岚翠忽从亭午变，扇纨都向嫩晴开。""银筝度曲徐牵舫，镜槛悬灯不隔纱。"皆诗人之诗。殁后，知之者少矣！

【译文】

宜兴储氏多是古文经义方面的学问，很少有作诗的人。我最近得到两个人的诗：一个叫润书，字玉琴。写有《赠梅岑》说：“一曲吴歌酒半醺，当筵争识杜司勋。天花作骨丝难绣，春水如情剪不分。话到西窗刚近月，人于东野愿为云。应知此后相思处，日日江头倚夕曛。”又有诗句说：“山气作寒啼鸟外，春阴如梦落花初。”另外

一个人名叫国钧，字长源。写有《梁溪》说：“纸鸢轻飏午晴开，杂沓游人傍水隈。多半画船犹未拢，知从池上饲鱼来。”有《即目》说：“日午横塘缓棹过，风吹花气荡层波。依篷不肯轻回首，近水楼台茜袖多。”晚年的他四海为家，到处漂泊，写有《六十自寿》说：“谁言老去离家惯，转恐归来卒岁难。”漂泊中穷困窘迫的情形可想而知。其他的诗像：“树凉宜散帙，梅尽始熏衣。”“烟消松翠淡，雪堕柳枝轻。”“酒旗翻冻雪，土锉燎征衣。”“岚翠忽从亭午变，扇纨都向嫩晴开。”“银筝度曲徐牵舫，镜槛悬灯不隔纱。”这都是真正的诗人才写得出的句子。他们死后，明白这些诗句的人很少。

得随园记

【原文】

戊辰秋，余初得隋织造园，改为随园，王孟亭太守、商宝意、陶西圃二太史置酒相贺，各有诗见赠。西圃云：“荒园得主名仍旧，平野添楼树尽环。作吏如何耽此事？买山真不乞人钱。”宝意云：“过江不愧真名士，退院其如未老僧。领取十年卿相后，幅巾野服始相应。”盖其时余年才过三十故也。惟孟亭诗未录，只记“万木槎丫绿到檐”一句而已。嗟乎！余得随园之次年，即乞病居之。四十年来，园之增荣饰观，迥非从前光景，而三人者，亦多化去久矣！

【译文】

戊辰年秋天，我刚刚得到隋朝的织造园，于是改名为随园，王孟亭太守、商宝意、陶西圃二位太史，都置办了酒席向我表示祝贺，每个人都有诗相赠。陶西圃写道："荒园得主名仍旧，平野添楼树尽环。作吏如何耽此事？买山真不乞人钱。"宝意说："过江不愧真名士，退院其如未老僧。领取十年卿相后，幅巾野服始相应。"这是因为我当时刚过三十的缘故。仅仅只有王孟亭的诗没有记下来，只记得一句"万木槎丫绿到檐"。唉！我得到随园的第二年，因患病就回来闲住。四十年来，随园增加了不少别致的景观，早已不是从前的光景，而这三人，都去世了很长时间了。

五斗米与诗

【原文】

丁丑，余觅一抄书人，或荐黄生，名之纪，号星岩者，人甚朴野。偶过其案头，得句云："破庵僧卖临街瓦，独井人争向晚泉。"余大奇之，即饷米五斗。自此欣然大用力于诗。五言句云："云开日脚直，雨落水纹圆。""竹锐穿泥壁，蝇酣落酒樽。""钓久知鱼性，樵多识树名。""笔残芦并用，墨尽指同磨。"七言云："小窗近水寒偏觉，古木遮天曙不知。""旧生萍处泥犹绿，新落花时水亦香。""旧甓恐闲都贮水，破墙难补尽糊诗。""有帘当槛云仍入，无客推门风自开。"

【译文】

丁丑年，我要找一名抄书的人，有人向我推荐了一名姓黄的书生，他的名字叫作纪，号星岩，为人十分朴素、自然。我有次偶然路过他的桌旁，见他写有诗句说："破庵僧卖临街瓦，独井人争向晚泉。"我认为他是一个奇才，就奖给了他五斗米。从此之后，他十分高兴，把全部身心投入写诗上。有五言古诗说："云开日脚直，雨落水纹圆。""竹锐穿泥壁，蝇酣落酒樽。""钓久知鱼性，樵多识树名。”“笔残芦并用，墨尽指同磨。”有七言古诗说：“小窗近水寒偏觉，古木遮天曙不知。”“旧生萍处泥犹绿，新落花时水亦香。”“旧甓恐闲都贮水，破墙难补尽糊诗。”“有帘当槛云仍入，无客推门风自开。”

行医与作诗

【原文】

吴门名医薛雪，自号一瓢，性孤傲，公卿延之不肯往；而予有疾，则不招自至。乙亥春，余在苏州，庖人王小余病疫不起，将掩棺，而君来，天已晚，烧烛照之，笑曰：“死矣！然吾好与疫鬼战，恐得胜亦未可知。”出药一丸，捣石菖蒲汁调和，命舆夫有力者，用铁箸锲其齿灌之。小余目闭气绝，喉汩汩然似咽似吐。薛嘱曰：“好遣人视之，鸡鸣时当有声。”已而果然。再服二剂而病起。乙酉冬，余又往苏州，有厨人张庆者，得狂易之疾，认日光为雪，啖少许，肠痛欲裂，诸医不效。薛至，袖手向张脸上下视曰：“此冷痧也，一刮而愈，不必诊脉。”如其言，身现黑瘢如掌大，亦即霍然。余奇赏之。先生曰：“我之医，即君之诗，纯以神行，所谓人居屋中，我来天外是也。”然先生诗亦正不凡，如《夜别汪山樵》云：“客中怜客去，烧烛送归桡。把手各无语，寒江正落潮。异乡难跋涉，旧业有渔樵。切莫依人惯，家贫子尚娇。”《嘲陶令》云：“又向门前栽五柳，风来依旧折腰枝。”《咏汉高》云：“恰笑手提三尺剑，斩蛇容易割鸡难。”《偶成》云：“窗添墨谱摇新竹，几印连环按覆盂。”

【译文】

吴门名医薛雪，自号一瓢，性情孤僻傲慢，王公大臣请他，他都不肯去；而我有病，他不请自来。乙亥年春，我在苏州时，厨子王小余病入膏肓，奄奄一息将要安葬，而薛雪赶到时，天色已晚，点蜡烛照看王小余，薛雪笑着说："已经死了，但我就爱和死神作战，能否胜利也未可知。"拿出一丸药，捣碎和菖蒲汁调和，让有力气的人，用铁筷撬开他的牙齿灌下去。王小余本来已经目闭气绝身亡，但喉头却似咽口水般汩汩作响。薛雪嘱咐说："好好派人看着他，鸡叫时应该能醒过来了。"不久果然如此。又吃了两剂药病就痊愈。乙酉年冬，我又去苏州，有个厨子叫张庆的，得了疯癫病，看见日光说是雪，每天只吃一点点饭，肠子痛得像要裂开来似的，怎么治都治不好。薛雪到了，抄着手，上下打量了一下张庆的脸说："这是冷痧，刮一刮就好了，不必诊脉。"正如他说的那样，张庆身上出现巴掌大小的黑瘢，随即刮了刮，病也立即就好了。我特别欣赏他的医术。薛先生说："我的医术，就像你的诗，纯粹是依靠心神来进行操作；所谓人住在屋里，而我却神游天外。"然而先生的诗也一样不同凡响，如《夜别汪山樵》说："客中怜客去，烧烛送归桡。把手各无语，寒江正落潮。异乡难跋涉，旧业有渔樵。切莫依人惯，家贫子尚娇。"《嘲陶令》说："又向门前栽五柳，风来依旧折腰枝。"《咏汉高》说："恰笑手提三尺剑，斩蛇容易割鸡难。"《偶成》说："窗添墨谱摇新竹，几印连环按覆盂。"

娘子秀才

【原文】

丙辰秋，召试者同领月俸于户部。同乡程鄜渠指一人笑曰："此吾家娘子秀才也。"入学时，初名默，寓居金陵，工诗，今循而穷经，改名廷祚，别字绵庄，以其闲静修洁，故号"程娘子"。因与数言而别。读其《海淀园林》一绝云："隔岸迢遥御路明，林间倒影见人行。朝天多少朱轮过，添入山泉作水声。"《京中忆女》云："三龄幼女萦离梦，一自能言未得看。戏罢颇闻知记忆，书来渐解问平安。慰情欲比真男子，努力应加远客餐。啼笑更教听隔舍，茫茫愁思到更阑。"《武林怀古》云："一自休兵国怨除，君王酣醉九重居。云开凤岭笙歌满，梦冷龙城驿使疏。海日忽惊宫漏尽，春潮犹笑将坛虚。谁知立马吴山客，不惜千金买谏书。"诗甚绵丽，不作经生语。后苏抚雅公荐先生经学，卒报罢。年七十七，无子而卒。著书盈尺，俱付随园。

【译文】

丙辰年秋，召试的人都去户部领取月俸。我的同乡程鄜渠指着一个人笑着说："这是我家的娘子秀才。"他入学时，开始叫默，寓居在金陵，很会写诗，现在离开了，改为全身心钻研经学，改名廷祚，别字绵庄，因为他为人静雅好洁，故有雅号"程娘子"。当时只是和他简单聊了几句就告别了。读他的《海淀园林》中一首绝词说："隔岸迢遥御路明，林间倒影见人行。朝天多少朱轮过，添入山泉作水声。"《京中忆女》说："三龄幼女萦离梦，一自能言未得看。戏罢颇闻知记忆，书来渐解问平安。慰情欲比真男子，努力应加远客餐。啼笑更教听隔舍，茫茫愁思到更阑。"《武林怀古》说："一自休兵国怨除，君王酣醉九重居。云开凤岭笙歌满，梦冷龙城驿使疏。海日忽惊宫漏尽，春潮犹笑将坛虚。谁知立马吴山客，不惜千金买谏书。"诗写得十分缠绵清丽，不像钻研经书的人说的口气。后来苏州巡抚雅公推荐程先生的经学，报上去不久就去世了。程先生享年七十七，无子而死。著书一尺多高，都交给了随园主人留作纪念。

扬　州　游

【原文】

乾隆戊寅，卢雅雨转运扬州，一时名士，趋之如云。其时刘映榆侍讲掌教书院，生徒则王梦楼、金棕亭、鲍雅堂、王少陵、严冬友诸人，俱极东南之选。闻余到，各捐饩廪，延饮于小全园。不数年，尽入青云矣。鲍见赠《玉堂仙人篇》，不及省记；仅记梦楼《偕全公魁使琉球》二首，云："一行金埒响琼琚，公子群过水竹居。毛发也须千万值，绮年多是十三余。将离更唱红兰曲，相忆应看青李书。鹦鹉香醪斟酌遍，不知凉月透交疏。""那霸清江接海门，每随残照望中原。东风未与归舟便，北里空销旅客魂。尽夜华灯舞鸜鹆，三秋荒岛狎鲸鲲。他时若话悲欢事，衣上涛痕并酒痕。"余按：琉球国王贵戚子弟，皆傅脂粉，锦衣玉貌，能歌，以敬天使，故移尊度曲。汪舟次先生集中所咏，与梦楼同。

【译文】

乾隆戊寅年，卢雅雨做扬州转运使，一时间名士们如云彩一般纷纷前往，聚集到了他那里。当时刘映榆侍讲掌教书院，他的学生有王梦楼、金棕亭、鲍雅堂、王少陵、严冬友等人，都是东南有名的俊杰名士。听说我要来，共同凑钱请我到小全园饮酒。没过几年，他们都做上官了。鲍雅堂赠我的《玉堂仙人篇》，没有来得及抄下；仅仅记下王梦楼的《偕全公魁使琉球》二首，说："一行金埒响琼琚，公子群过水竹居。毛发也须千万值，绮年多是十三余。将离更唱红兰曲，相忆应看青李书。鹦鹉香醪斟酌遍，不知凉月透交疏。""那霸清江接海门，每随残照望中原。东风未与归舟便，北里空销旅客魂。尽夜华灯舞鹳鸽，三秋荒岛狎鲸鲲。他时若话悲欢事，衣上涛痕并酒痕。"我查证：琉球国的贵戚子弟，都涂脂抹粉，穿锦衣打扮长相漂亮，能歌善舞，为好好款待天朝的使节，所以前来唱曲。汪舟次先生集中所说的，和王梦楼的一样。

身临其景

【原文】

巢县汤郎中，名懋纲，性高淡，如其吟咏。《早起》云："老杏着东风，红芳几回变。何必远寻春，日日墙头见。昨夜雨无声，地上青苔遍。早起快登楼，钩帘进双燕。"他如："溪清山影入，风动竹阴移。""游山心在山，合眼飞岚绕"。真得静中三昧者。其子扩祖能诗，有父风；过随园见访不值，寄诗云："花含宿雨柳含烟，隐士园林别有天。高卧白云人不见，一家鸡犬翠微巅。"

【译文】

巢县的汤郎中，名叫懋纲，性格高贵淡雅，就跟他写的诗一样。有《早起》诗说："老杏着东风，红芳几回变。何必远寻春，日日墙头见。昨夜雨无声，地上青苔遍。早起快登楼，钩帘进双燕。"其他的像："溪清山影入，风动竹阴移。""游山心在山，合眼飞岚绕。"真是深得描写静景的三昧。他的儿子扩祖也能写诗，有其父之风格；他到随园拜访时没有见到我，寄诗给我说："花含宿雨柳含烟，隐士园林别有天。高卧白云人不见，一家鸡犬翠微巅。"

诗词谈

【原文】

人有满腔书卷，无处张皇，当为考据之学，自成一家；其次，则骈体文，尽可铺排，何必借诗为卖弄？自《三百篇》至今日，凡诗之传者，都是性灵，不关堆垛。惟李义山诗，稍多典故；然皆用才情驱使，不专砌填也。余续司空表圣《诗品》，第三首便曰"博习"，言诗之必根于学，所谓不从糟粕，安得精英是也。近见作诗者，全仗糟粕，琐碎零星，如剃僧发，如拆袜线，句句加注，是将诗当考据作矣。虑吾说之害之也。故续元遗山《论诗》，末一首云："天涯有客号泠痴，误把抄书当作诗。抄到钟嵘《诗品》日，该他知道性灵时。"

【译文】

如果人有满肚子的学问，却没有地方施展，就应当去钻研考据的学问，自成一家；其次，是作骈体文，可以尽情铺排，何必借诗来卖弄自己呢？自《三百篇》到今天，凡是诗歌能留传在世的，都是性灵之作，与堆砌是没有关系的。只有李商隐的诗，稍微多一些典故；然而都是才情驱

使下的结果，不专门地填词造句，堆砌铺张。我续写司空图的《诗品》，第三首便是《博习》，讲诗歌创作必须以作者的学问为根本，所谓不先剔除糟粕，又

怎么能够创造出精华，说的就是这个道理。近来见一些写诗词的人，全是糟粕堆砌，琐碎杂乱，就好像给和尚剃头一样，又好似拆袜上的线，句句加注脚，这是将诗当考据来作啊。正是考虑到这种危害，因此我续写了元遗山的《论诗》，最后一首说："天涯有客号泠痴，误把抄书当作诗。抄到钟嵘《诗品》日，该他知道性灵时。"

苏州秀才

【原文】

苏州袁秀才钺，自号青溪先生，嫉宋儒之学，著书数千言，专驳朱子，人以怪物目之。年八十余，犹生子。善医，工书，诗多自适，不落古人家数。《明觉寺题壁》云："灯光荧荧满法堂，僧家爱静却偏忙。亦知世上逍遥客，踏月吟诗到上方。"《夏日写怀》云："风过静听松子落，雨余闲数药苗抽。"《冬暖》云："似闵敝裘留质库，为开薄雾送朝暾。"颇见性情。青溪解"惟求则非邦也与"，"惟赤则非邦也与"，皆夫子之言，非曾点问也。人以为怪。不知《论语》何晏古注，原本作此解。宋王旦怒试者解"当仁不让于师"，"师"字作"众"字解，以为悖古。不知说本贾逵，并非杜撰。少所见之人，以不怪为怪。

【译文】

苏州有个名叫袁钺的秀才，自号青溪先生，不满宋朝的儒家之学，写了篇文章数千句，专门驳斥朱熹，人们都把他当作怪物来看待。年已八十多岁，还生了儿子。精通医理，书法也是一绝，诗歌大都是自己随心所作，不落古人俗套。有《明觉寺题壁》一首说："灯光荧荧满法堂，僧家爱静却偏忙。亦知世上逍遥客，踏月吟诗到上方。"《夏日写怀》说："风过静听松子落，雨余闲数药苗抽。"《冬暖》说："似闵敝裘留质库，为开薄雾送朝暾。"这些都可以看出他的性情。青溪先生解释："只有求不是邦国？""只有赤就不是邦国？"这些都是夫子的话，不是他曾经抨击时说过的话。人们都认为这不太正常。不知道《论语》何晏有过古注，原本就是做这种解释。宋朝王旦十分恼怒应试者把“当仁不让于师”中的“师”字做“众”字解，认为它有悖于经典和古意。不知道这种说法出于贾逵，并非杜撰。见识比较少的人，便将并不奇怪的事也认为奇怪。

诗的意境

【原文】

元遗山讥秦少游云：“有情芍药含春泪，无力蔷薇卧晚枝。拈出昌黎《山石》句，方知渠是女郎诗。”此论大谬。芍药、蔷薇，原近女郎，不近山石，二者不可相提而并论。诗题各有境界，各有宜称。杜少陵诗，光焰万丈，然而“香雾云鬟湿，清辉玉臂寒”，“分飞蛱蝶原相逐，并蒂芙蓉本是双”；韩退之诗，横空盘硬语，然“银烛未销窗送曙，金钗半醉坐添春。”又何尝不是女郎诗耶？《东山》诗：“其新孔嘉，其旧如之何？”周公大圣人，亦且善谑。

【译文】

元遗山讥笑秦少游说：“有情芍药含春泪，无力蔷薇卧晚枝。拈出昌黎《山石》句，方知渠是女郎诗。”这些论点是极为错误的。芍药、蔷薇，原是气质上接近女郎，不近山石，二者不能相提并论。诗的题材各有各的境界，各有各相宜的指涉。杜少陵的诗，光彩火焰万丈，然而“香雾云鬟湿，清辉玉臂寒”。“分飞蛱蝶原相逐，并蒂芙蓉本是双”。韩愈的诗，语气硬的句子横空出世，到处都是，然而“银烛未销窗送曙，金钗半醉坐添春”又何尝不是为了女郎写的诗？《东山》诗说：“其新孔嘉，其旧如之何？”周公是大圣人，看来也十分善于幽默。

女司马相如

【原文】

钱稼轩司寇之女，名孟钿，嫁崔进士龙见，为富平令。严侍读从安归，夫人厚赠之。严问："至江南，带何物奉酬？"曰："无他求，只望寄袁太史诗集一部。"其风雅如此。因诵其五言云："啼乌空绕树，残梦只随钟，"有《浣青集》行世。其号"浣青"者，欲兼浣花、青莲而一之也。夫人通音。常在秋帆中丞座上，听客鼓琴，曰："角声多，宫声少，且多杀伐之音，何也？"问客，果从塞外军中来。余庚申夏乘舟北上，遇稼轩南归，时未中状元也。见其手抱幼女，才周晬。今四十八年矣！在杭州见夫人，谈及此事，夫人笑云："所抱者，即看侄女也。"余故题其诗册有云："尔翁南下赋归欤，值我新婚北上初。水面匆匆通数语，怀中正抱女相如。"

【译文】

钱稼轩司寇的女儿，名叫孟钿，嫁给进士崔龙见，当时崔龙见正是富平县令。严侍读从长安归来，夫人厚赠了他。严问："到了江南，你想让我带回点什么作答谢？"夫人回答说："没有别的要求，只希望寄来袁太史诗集一部。"由此可知她风雅到这种地步。因读她的五言诗说："啼乌空绕树，残梦只随钟。"她有《浣青集》流传于世上。之所以号浣青，大概是想集浣花、青莲二者为一的缘故。夫人通晓音律，曾在秋帆中丞的酒席中听客人弹琴，说："角声多，宫声少，而且多有杀伐的声音，为什么？"于是向客人打听，抚琴者果然是从塞外军中来的。我在庚申年夏天乘船北上，碰上稼轩南归，那时他还未中状元。见他手里抱着一个小女孩，才刚满周岁。如今已四十八年过去了，在杭州见夫人，谈到这件事。夫人笑着说："父亲当年抱的，就是侄女我呀。”我因此在她的诗册上题诗说：“尔翁南下赋归欤，值我新婚北上初。水面匆匆通数语，怀中正抱女相如。”

厚积而薄发

【原文】

杭州布衣吴颖芳，字西林，博学多闻，尝自序其诗曰：“古人读书，不专务词章，偶尔流露讴吟，仅抒所蓄之一二。其胸中所贮，渊乎其莫测也。递降而下，倾泻渐多。逮至元、明，以十分之学，作十分之诗，无馀蕴矣。次焉者或溢其量以出，故其经营之处，时露不足，如举重械，虽同一运用，而劳逸之态各殊。古人胜于近代，可准是以观。”予尝试武童，见有开弓至十石而色变手战者，晓之曰：“汝务十石之名，而丑态尽露，何苦用五石、六石之从容大方乎？”颇与吴言相合。

西林与杭、厉诸公同时角逐。及诸公俱登科第，而西林如故也。故《咏笋腊》结句云：“回头看同队，一一上云烟。”又,《答客至》曰：“田间住却携锄手，来与诸公话白云。”

【译文】

杭州的一个百姓吴颖芳，字西林，博学多闻，曾经为自己的诗集作序说：“古人读书，不专门追求词章，偶尔流露在讴歌吟诗上的，也只写出储备中的一点点。他胸中所贮藏的，渊博得别人根本没法揣测。但越到后来，写诗文的倾吐的越多。等到了元明时期，用十分的才学作十分的诗，已经没有保留了。次一点的，还溢满而出，因此写出来的东西，时常露出不足，就像举着超重的东西，虽然同样运用，而疲劳、安逸的形态却不一样。古人胜过近代的人，可以把这一点当作准则看出些端倪来。”我曾主持过武举的童子的考试，看见有开十石弓的孩子就变色手颤的。我告诉他：“你博得了开十石弓的名声，却丑态尽露；哪里如开五石、六石的人显得从容大方？”这和吴颖芳的话十分相近。

西林和杭、厉诸公一起学习、参加科考。等到他们都登科及第了，西林还和原来一样。因此他的《咏笋腊》一诗结句说："回头看同队，一一上云烟。"又有《答客至》说："田间住却携锄手，来与诸公话白云。"

好书之癖

【原文】

余少贫不能买书，然好之颇切。每遇书肆，垂涎翻阅，若价贵不能得，夜辄形诸梦寐。曾作诗曰："塾远愁过市，家贫梦买书。"及作官后，购书万卷，翻不暇读矣。有如少时牙齿坚强，贫不得食；衰年珍羞满前，而齿脱腹果，不能餍饫，为可叹也！偶读东坡《李氏山房藏书记》，甚言少时得书之难，后书多而转无人读，正与此意相同。

【译文】

我小的时候十分贫穷以至于买不起书，但是特别喜欢读书。每回经过书店，都垂涎翻阅，如果因为书价贵买不起，晚上就会梦起它。曾写诗说："私塾很远所以害怕路过集市，家里贫穷连作梦都是在买书。"等到做官后，买了许多的书，来不及读了。就好像年轻时牙齿坚硬，却因为穷而吃不到美味佳肴；年纪大了美味佳肴都堆放在眼前，却掉了牙齿肚子饱着，不能尽兴大吃，实在是可叹！偶然读苏东坡写的《李氏山房藏书记》，说了许多小时候买书的艰难，后来书多了可是没有人读，这和我的情况多么相似啊。

庸师妄评真才子

【原文】

某太史掌教金陵，戒其门人曰："诗须学韩、苏大家；一读温、李，便终身入下流矣。"余笑曰："如温、李方是真才，力量还在韩、苏之上。"太史愕然。余曰："韩、苏官皆尚书、侍郎，力足以传其身后之名；温、李皆末僚贱职，无门生故吏为之推挽，公然名传至今，非其力量尚在韩、苏之上乎？且学温、李者，唐有韩偓，宋有刘筠、杨亿，皆忠清鲠亮人也。一代名臣，如寇莱公、文潞公、赵清献公，皆西昆诗体，专学温、李者也，得谓之下流乎？"

【译文】

某太史掌管金陵的教育，告诫他的门生说："写诗要学韩愈、苏东坡等大家，如果读了温庭筠、李商隐的作品，便终身入下流啦。"我笑着说："像温庭筠、李商隐这样的才是真才子，才学、智慧在韩愈、东坡之上。"太史十分吃惊。我说："韩愈、苏东坡的官职都达到了尚书、侍郎，其影响力足以使他们传名后世。而温庭筠、李商隐做的都是最末一等的官僚，也没有门生故吏来为他们歌颂功名，居然能够名传至今，难道不是他们的诗歌才力在韩愈、东坡之上吗？而且学习温庭筠、李商隐的人，唐朝有韩偓，宋代有刘筠、杨亿，都是忠正刚直、高风亮节的人。一代名臣，像寇莱公、文潞公、赵清献公，都是西昆诗体的集大成者，专学温庭筠、李商隐，难道能说他们的诗也是属于下流吗？"

评王荆公

【原文】

王荆公作文，落笔便古；王荆公论诗，开口便错。何也？文忌平衍，而公天性拗执，故琢句选词，迥不犹人；诗贵温柔，而公性情刻酷，故凿险缒幽，自堕魔障。其平生最得意句云：“青山扪虱坐，黄鸟挟书眠。”余以为首句是乞儿向阳，次句是村童逃学。然荆公恰有佳句，如：“近无船舫犹闻笛，远有楼台只见灯。”可谓生平杰作矣。

【译文】

王安石写文章时，一落笔便古朴劲健；王安石评议诗歌，一开口便错误百出。这是什么原因呢？文章忌讳平铺直叙，而王安石生性倔强固执，因此遣词造句，反复斟酌，与别人迥然不同。诗歌贵在温柔，而王安石脾气刻板冷酷，所以追求冷僻艰险之诗，喜造硬句，押险韵，陷入其中，不能自拔。他平生最为得意的诗句是：“青山扪虱坐，黄鸟挟书眠。”我认为诗的第一句是说乞丐在懒洋洋地晒太阳，第二句是描写村中顽皮学童逃学的情状。然而王安石也偏偏有好诗句，比如：“近无船舫犹闻笛，远有楼台只见灯。”这也可以算得上王安石一生的杰作了。

棋艺与诗作

【原文】

在都，余与金质夫文淳、裘叔度曰修居最相近。金棋劣于裘，而偏欲饶裘。金移居，裘以诗贺云：“追趋秘阁两年余，一日何曾赋索居？雪苑对裁新著稿，风帘同校旧抄书。吟筒惠我宁嫌数，棋局饶人实自誉。早有声华传日下，故知名士定无虚。”余作七古一首，中四句云：“我愿同年如春树，枝枝叶叶相依附。不愿同年如落花，鸾漂凤泊飞天涯。”裘读而叹曰：“子才终竟有性情。”呜呼！此皆四十年前事。今裘官至尚书，声施赫奕；而质夫为太守，两遭罪遣，谪戍以死。岂亦如花之飞茵飞溷，各有前因耶？金死后，余搜其遗诗，了不可得，仅得其《游张园》云：“绿杨门外板桥横，新水如船接岸平。三月春寒花尚浅，一帘烟重雨初成。欹危瘦竹扶衰步，高下疏畦入晚晴。莫便酒阑催晚棹，野怀吾欲与鸥盟。”《偶成》云：“一虫吟到晓，两客谈无言。”

【译文】

我在京都之时，和金质夫文淳、裘叔度住得最近。金质夫的棋艺比不上裘叔度，却还偏偏喜欢让着裘叔度。金质夫搬走后，裘作诗相贺：“追趋秘阁两年余，一日何曾赋索居？雪苑对裁新著稿，风帘同校旧抄书。吟筒恵我宁嫌数，棋局饶人实自誉。早有声华传日下，故知名士定无虚。”我作了一首七言古诗，其中有四句为：“我愿同年如春树，枝枝叶叶相依附。不愿同年如落花，鸾漂凤泊飞天涯。”裘叔度读后叹道：“袁子才究竟还是性情之人。”唉！这都是四十年前的事了。如今裘官至尚书，声势显赫，而金质夫做太守，两次获罪受迁遣之苦，贬谪到边塞，并死在那里。莫非这也如落花，或飞落到青草地上，或落到污淖茅坑之中，都是前生注定？金质夫死后，我到处搜寻他的遗诗，然而却没有什么收获，仅得到他的《游张园》诗：“绿杨门外板桥横，新水如船接岸平。三月春寒花尚浅，一帘烟重雨初成。攲危瘦竹扶衰步，高下疏畦入晚晴。莫便酒阑催晚棹，野怀吾欲与鸥盟。”《偶成》诗中说道：“一虫吟到晓，两客谈无言。”

生活与作诗

【原文】

有某以诗见示，题皆“雁字”、“夹竹桃”之类。余谓之曰：“尊作体物非不工，然享宴者，必先有三牲五鼎，而后有葵菹歔醢之供；造屋者，必先有明堂大厦，而后有曲室密庐之备。似此种题，大家集中，非不可存，终不可开卷便见。韩昌黎与东野联句，古奥可喜；李汉编集，都置之卷尾。此是文章局面，不可不知。”

【译文】

有人拿诗稿让我观看，题咏的都是“雁字”、“夹竹桃”之类的。于是我对他说道：“您的诗作中，吟咏描述事物并不是不够细致传神，然而但凡款待宾客之时，必定先要上牛、羊、猎肉等的主菜，然后才有别致精巧的小菜；盖房子的，也必须先盖主房、厅房、大厦，然后才备有密室、别室。像夹竹桃这类题目，名家大家的诗集中也并不是没有留存，但终究不是打开书卷就可以看见的。韩愈和孟东野联句，都是古老深奥、精雅可爱的诗句。李汉编诗集，把这些都放置到书本最后面。这是文章的布局安排之法，是不可以不知道的。”

作诗不能一概而论

【原文】

周德卿之言曰：“文章徒工于外是，可以惊四筵，不可以适独坐。”斯言也，余颇非之。文章非比阴德，不求人知。景星庆云，明珠美玉，谁不一见即知宝贵哉？吟蛩唧唧，呓语愔愔，彼虽自鸣得意，岂足传之不朽？得之虽苦，出之须甘；出人意外者，仍须在人意中：古名家皆然。况四座之惊，有知音有不知音；独坐之适，有敝帚之享，有寸心之知。不可一概而论。

【译文】

周德卿曾经说过：“文章仅仅是辞藻华美精致的话，只可以使四座震惊赞叹，却不能自己独坐一处时怡情适意。”他这一说法，我颇不赞成。文章不比阴德，不要求别人知道。璀璨的星星，祥瑞的彩云，夺目的明珠，晶莹的美玉，谁不是一见就知道是宝贵难得的东西？若如秋虫般唧唧吟鸣，像呓语样安和静寂，那虽然可以自我欣赏，又怎么能够永远流传于世呢？咏得这些诗虽然很辛苦，拿出来则是很欢悦的；有使人出乎意料的地方，然而仍旧在人的意料之中，古代的名家都是这个样子。何况在四座都惊异赏叹之中，有的是真正欣赏的，有的则是随众喧哗；而独处之时，有敝帚自珍的作品，有一两知音可来赏玩品味的作品，这是不能一概而论的。

陈设古玩与运用典故

【原文】

博士卖驴，书卷三纸，不见“驴”字，此古人笑好用典者之语。余以为：用典如陈设古玩，各有攸宜，或宜堂，或宜室，或宜书舍，或宜山斋；竟有明窗净几，以绝无一物为佳者，孔子所谓“绘事后素”也。世家大族，夷庭高堂，不得已而随意横陈，愈昭名贵。暴富儿自夸其富，非所宜设而设之，置槭窬于大门，设尊罍于卧寝，徒招人笑。吴西林云：“诗以意为主，以辞采为奴婢。苟无意思作主，则主弱奴强，虽僮指千人，唤之不动。古人所谓诗言志，情生文，文生韵，此一定之理。今人好用典，是无志而言诗；好叠韵，是因韵而生文；好和韵，是因文而生情。儿童斗情，虽多亦奚以为！”

【译文】

博士去卖驴，文书写了整整三页纸，还是没有提到一个“驴”字。这句话是古人用来嘲笑那些好用典故的人的。我认为：运用典故就像是陈设古玩，各有所宜：有的适合放到正堂，有的适合放到室屋，有的适合放到书房，有的适合放到山间斋室；也竟还有明亮窗户下、净洁茶几上，而不放置任何摆设，以此为佳，这就是孔子所说的“先绘饰事物，然后再清淡素净”。至于说门弟颇高，世代为官之家和人丁昌盛的豪门望族，深宅大院，房高屋敞，不得已而随意加以点缀陈设，愈加显得名贵。暴富人家为了炫耀自己家中富有，不宜摆设的而偏加摆设，在大门处设个华丽的小门，在卧室中摆一个铜鼎，只能引别人发笑。吴西林说：“诗歌当以立意为主人，以文彩辞藻为奴婢。若是没有什么内容意思为主人，则主人孱弱而奴婢强横，即使仆僮指使千人，主人却一个也使唤不动。古人所讲的以诗来表达自己的意趣志向，有情感才能落笔成文，有文章才有韵律，这是固定不变的道理。现在的人喜欢用典，是没有什么意向而作诗；喜欢叠韵，是根据韵律来写文章；喜欢和韵，是根据文章而生情感。如小孩子儿斗草玩儿，即使有很多，又有什么用呢！”

好诗有好韵

【原文】

欲作佳诗，先选好韵。凡其音涉哑滞者、晦僻者，便宜弃舍。“葩”即“花”也，而“葩”字不亮；“芳”即“香”也，而“芳”字不响：以此类推，不一而足。宋、唐之分，亦从此起。李、杜大家，不用僻韵；非不能用，乃不屑用也。昌黎斗险，掇《唐韵》而拉杂砌之，不过一时游戏，如僧家作盂兰会，偶一布施穷鬼耳。然亦止于古体、联句为之。今人效尤务搏，竟有用之于近体者。是犹奏雅乐而杂侏儒，坐华堂而宴乞丐也，不已傎乎！

【译文】

想作好诗，应该先选好韵。凡是音韵之中有哑暗滞迟、晦涩生僻的，最好是舍弃不用，“葩”的意思也就是“花”，而“葩”字发音不响亮”；“芳”的意思也就是“香”，而“芳”字发音也不响亮：这样推算下去，不能一一枚举。宋、唐诗诗风之分别，也是从这上面讲起的。李白、杜甫是大家手笔，不用生僻的韵脚；不是不能用，而是不屑于用。韩愈之用险韵，从《唐韵》之中胡乱取韵乱七八糟堆砌到一块儿，也不过是一时的文字游戏；就像僧人们做盂兰

会，偶尔布施一下穷鬼罢了。然而这也仅仅限于古体诗或联句之中用一下。当今之人效法前人的错误行为，显示自己博才多学，而竟然有把险韵用到近体诗中去。就好比是奏高雅的音乐而掺杂一个侏儒在其中，坐于华美大厅堂之上而宴待乞丐，岂不是颠倒错乱么！

词章与考据

【原文】

王梦楼云："词章之学，见之易尽，搜之无穷。今聪明才学之士，往往薄视诗文，遁而穷经注史。不知彼所能者，皆词章之皮面耳。未吸神髓，故易于决舍；如果深造有得，必愁日短心长，孜孜不及，焉有余功旁求考据乎？"予以为君言是也。然人才力各有所宜，要在一纵一横而已。郑、马主纵，崔、蔡主横，断难兼得。余尝考古官制，捡搜群书，不过两月之久，偶作一诗，觉神思滞塞，亦欲于故纸堆中求之。方悟著作与考订两家，鸿沟界限，非亲历不知。或问："两家孰优？"曰："天下先有著作，而后有书；有书而后有考据。著述始于三代六经，考据始于汉、唐注疏。考其先后，知所优劣矣。著作如水，自为江海；考据如火，必附柴薪。'作者之谓圣'，词章是也；'述者之谓明'，考据是也。"

【译文】

王梦楼说："词章诗文上的学问，从表面上看并没有多少，然而搜寻起来便无穷无尽。如今那些自认为聪明饱学之士，往往看不起诗文，纷纷把精力转向研究经书注解史料。却不知自己所会的那么一点，只不过是词章之中的皮毛罢了。没有吸取精髓之外，因此很容易就会决定舍弃诗句；如果研究得很深的话，必定会发愁日子太短促而心中想做的却有很多，孜孜不倦地致身于此，还犹嫌不够，哪里却有闲余的精力去从别处寻考凭据呢？"我认为梦楼说的很有道理。然而人的精力才能各有所适宜，区别只不过是一纵一横而已。郑、马主攻纵，崔、蔡主攻横：实在是很难两个方面都能兼顾到的。我曾经考证查核古代官制，检索查寻群书，也只不过是两个月的时间，而偶然想作一首诗，觉得神思滞塞，不能通畅，就想从故纸堆中发现句子。这才悟出著写诗文和考察审订两家，其中的界限距离，必须亲身经历才能够有所体会。有人问道："著写与考订两家，哪一家更好一些呢？"答曰："世界上先有著作堆积，然后有书籍；

有了书籍之后才出现考据。著书立说是从三代时的六经开始出现的，而考据则从汉代、唐代注疏开始的。明白了两者出现的先后顺序，就可以知道两者的优劣。著作就像水，可以自己汇成江海；而考据则如火，必须不断添柴才能继续燃烧。‘著书立说的人可以称为才智非凡之士。’说的是词章；‘解述之人可以称为聪明通晓之士。’说的是考据。”

一诗一典故

【原文】

怀古诗，乃一时兴会所触，不比山经地志，以详核为佳。近见某太史《洛阳怀古》四首，将洛下故事，搜括无遗，竟有一首中，使事至七八者，编凑拖沓，茫然不知作者意在何处。因告之曰：“古人怀古，只指一人一事而言，如少陵之《咏怀古迹》，一首武侯，一首昭君，两不相羼也。刘梦得《金陵怀古》，只咏王濬楼船一事，而后四句，全是空描。当时白太傅谓其‘已探骊珠，所余鳞甲无用’，真知言哉！不然，金陵典故，岂王濬一事？而刘公胸中，岂止晓此一典耶？”

【译文】

怀古之诗，乃是一时触动情怀，兴致所至而作，比不得山经地志，只要考核得精细确凿便可称得上好的。近来见某一位太史作了四首《洛阳怀古》诗，将有关洛阳的故事，搜寻出来，竟无遗漏，以至有一首诗中，居然七八处都用典。凑拼编撰到一块儿，拖沓迟滞，竟不知作者用意何在。于是我告诉他：“古代人写怀古之诗，只是指一人一事而发感慨以抒情怀，比如杜甫的《咏怀古迹》：一首是咏诵武侯诸葛亮的，一首是

咏诵王昭君的，两者不相掺杂。刘梦得的《金陵怀古》，只咏王濬楼船之一件事，而后面四句，全是空写。当时白居易说他‘已得精妙之处，所剩余部分都

是细枝末节没有用。'说得真是精辟至极！若不是这样，那么金陵典故，哪里只是王濬一事？而刘梦得胸中，岂止只有这一个典故！"

喝酒与买书

【原文】

戊辰秋，余宰江宁，将乞病归，适长沙陶士璜方伯调任福建，路过金陵，谓余曰："子现题升高邮州，宪眷如此，年方三十，忽有世外之志，甚非所望于贤者也。"余虽未从其言，而至今感其意。甲辰，在广州，遇方伯之孙诵乃祖《买书歌》曰："十钱买书书半钱，十钱买酒酒可餐。我言舍酒僮曰否，咿唔万卷不疗饥。斟酌一杯酒适口，我感僮言意良厚。酒到醒时愁复来，书堪咀处味逾久。淳于豪饮能一石，子建雄才得八斗。二事我俱逊古人，不如把书聊当酒。虽然一编残字半蠹鱼，区区蠡测我真愚；秦灰而后无完书。"

【译文】

戊辰年秋，我在江宁任宰令，将要告病请求回乡，正巧碰到长沙的陶士璜方伯调到福建任职，路过金陵时，他对我说："你将提升为高邮州刺史，皇上对你恩宠有加，而你才刚刚三十，就忽然想隐退，不再做官，这决不是贤者所应该有的想法。"我虽然没有听从他的话，而直到今天仍还感激他的殷切之意。甲辰年，我在广州，碰到方伯的孙子诵读他祖父的《买书歌》，诗中说："十钱买书书半钱，十钱买酒酒可餐。我言舍酒僮曰否，咿唔万卷不疗饥。斟酌一杯酒适口，我感僮言意良厚。酒到醒时愁复来，书堪咀处味逾久。淳于豪饮能一石，子建雄才得八斗。二事我俱逊古人，不如把书聊当酒。虽然一编残字半蠹鱼，区区蠡测我真愚；秦灰而后无完书。"

王安石改诗

【原文】

奏王荆公矫揉造作，不止施之政事也。王仲圭“日斜奏罢《长杨赋》，闲拂尘埃看画墙”句，最浑成。荆公改为“奏赋《长杨》罢”，以为如是乃健。刘贡父：“明日扁舟沧海去，却从云里望蓬莱。”荆公改“云里”为“云气”，几乎文理不通。唐刘威诗云：“遥知杨柳是门处，似隔芙蓉无路通。”荆公改为“漫漫芙容难觅路，萧萧杨柳独知门”。苏子卿《咏梅》云：“只应花是雪，不悟有香来。”荆公改为：“遥知不是雪，为有暗香来。”活者死矣！灵者笨矣！

【译文】

王安石做事矫揉造作，没有自然意趣，不仅仅表现在他处理政事之中。王仲圭的诗句“夕阳西斜之时奏罢《长杨赋》，闲来拂拭掉尘埃来观看墙上的画”，最为浑然天成。而王安石改为：“奏赋《长杨》罢”，以为这样改就会显得雄健。刘贡父有：“明日扁舟沧海去，却从云里望蓬莱。”（明天驾着一叶扁舟向沧海深处划去，从茫茫的云海里张望蓬莱仙山。） 王安石将“云里”改为“云气”，几乎是文理不通。唐刘威诗中有：“遥知杨柳是门处，似隔芙蓉无路通。”（遥遥相看，早知道杨柳树下是院门的所在之地，好像隔着芙蓉花无路可通。） 王安石把诗改为：“漫漫芙蓉难觅路，萧萧杨柳独知门。”（到处都是芙蓉难以寻觅到路径，只有杨柳萧萧作响，知道门在何处。）苏子卿有《咏梅》诗有“只应花是雪，不悟有香来。”（觉得梅花只应该是雪，却不知花有芳香递来。） 王安石则改为：“遥知不是雪，为有暗香来。”（遥遥相看，知道这不是雪，因为有花香飘来。）这种改诗之法，将活诗改为死诗，灵性之诗改为笨拙之诗。

墨禅和尚

【原文】

甲戌春，余与张司马芸墅游栖霞，见僧雏墨禅，才七岁。其时，山最幽僻，游者绝稀，惟扬州商人构静室数间，春秋一到而已。自尹文端公请圣驾巡幸，乃增荣益观。方修葺时，余屡从公游，有“山似人才搜更出”之句。其时墨禅渐长成，花前灯下，时时以一联相示。随入京师。别十余载，丁未秋，相见于紫峰阁下，则年已三十九矣。追谈往事，彼此怆然。诵其《盘山》诗云：“偶来浮石上，疑是浮沧浪。一鸟堕寒翠，千峰明夕阳。无人垂钓去，有约看云忙。即此惬真赏，萧然世虑忘。”其他如：“树随崖脚断，山到寺门深。”“月白鸟疑昼，山空树欲秋。”“树偏饶曲折，僧不碍逢迎。”皆可爱也。相别又一年，遽示寂而去。

【译文】

甲戌年春，我同张芸墅司马一同游栖霞，遇见小和尚墨禅，当时他才七岁。那时候，山间极为清幽僻静，出游的人很少，只有扬州的商人在山中建造了几间静室，也就只在春、秋天时来一次。自从尹文端公请皇上驾临巡游此地之后，才有了大的名气，开始修缮改建。在修建之时，我多次随尹公来此游玩，曾写过“山似人才搜更出”的诗句。当时墨禅已经渐渐长大，花丛之前佛灯之下，不时拿一联给我看。后来墨禅跟随进了京城。一别就是十几年，丁未年秋天，

我们在紫峰阁相逢，那时墨禅已经三十九岁了。我们追忆往事，谈话间彼此流露着悲伤慨然的情绪。朗诵他的《盘山》诗，诗中说：“偶来浮石上，疑是浮沧浪。一鸟堕寒翠，千峰明夕阳。无人垂钓去，有约看云忙。即此惬真赏，萧然世虑忘。”其他的诗像“树随崖脚断，山到寺

门深”“月白鸟疑昼，山空树欲秋”“树偏饶曲折，僧不碍逢迎”都是可爱的佳句。相别一年之后，墨禅就突然圆寂而去，离开人世。

题《芝城话旧图》

【原文】

永州太守王蓬心，为麓台司农之后，工诗画。余游南岳，过永州，与其子访愚溪、钴母潭诸处。夕归，太守出小像索诗，而自画《芝城话旧图》见赠。题云：“一别东吴思旧雨，重来南楚鬓添霜。谈天犹是苏玉局，缩地难逢费长房。江水悠悠不知远，山风习习渐加凉。两人情态都如昨，作画吟诗爱夜长。”彼此落笔时，各挑灯倚几。蓬心笑谓余曰：“此夕光景，可似五十年前，同赴童子试耶？”记其书斋对联云：“岂易片言清积牍，还留一息理残书。”

【译文】

永州太守王蓬心，是麓台司农的后代，不但能写诗，而且也善于画画。我到南岳衡山游玩，路过永州时，和他的儿子一起去游愚溪、钴母潭等地方。太阳下山后才归来，太守拿出自己的画像请我题诗，而且又画了一幅《芝城话旧图》赠送给我。我题诗道：“一别东吴思旧雨，重来南楚鬓添霜。谈天犹是苏玉局，缩地难逢费长房。江水悠悠不知远，山风习习渐加凉。两人情态都如昨，作画吟诗爱夜长。”两人画完写完时，各自都拨亮灯光倚着桌几。蓬心笑着对我说：“今晚的情形，像不像五十年前，你我共同参加童子试时的情形？”我记下他的书斋对联，说：“岂易片言清积牍，还留一息理残书。”

偶吟香亭

【原文】

香亭弟偶吟，往往如吾意所欲出，不愧吾家阿连也。余三十年前选妾姑苏，所需花封甚轻，今动至数金。

香亭《过吴门》云："传闻近日选花枝，百两缠头费莫支。争及当年吴市好，一钱便许看西施。"《消夏杂咏》云："科头赤足徜徉过，一领蕉衫尚觉多。不信热场人不热，红灯围著听笙歌。"

【译文】

香亭弟偶尔作几首诗，往往能说出我心里想说的话，不愧是我家里的阿连。三十年前，我在姑苏选妾，那时需要的花费很少，而现在，动不动就是一笔不小的开支。香亭写有《过吴门》说："传闻近日选花枝，百两缠头费莫支。争及当年吴市好，一钱便许看西施。"《消夏杂咏》说："科头赤足徜徉过，一领蕉衫尚觉多。不信热场人不热，红灯围著听笙歌。"

上天造人

【原文】

或言八股文体制，出于唐人试帖，累人已甚。梅式庵曰："不然。天欲成就一文人、一儒者，都非偶然。试观古文人如欧、苏、韩、柳，儒者如周、程、张、朱，谁非少年科甲哉？盖使之先得出身，以捐弃其俗学，而后乃有全力以攻实学。试观诸公应试之文，都不甚佳，晚年得力于学之后，方始不凡。不然，彼方终日用心于五言八韵、对策三条，岂足以传世哉？就中晚登科第者，只归熙甫一人。然古文虽工，终不脱时文气息，而且终身不能为诗，亦累于俗学之一证。"

【译文】

有人说八股文的体例，出于唐人的试帖，害人已经很深了。梅式庵说："这样说就不对了。上天要成就一个文人或一个儒家，都不是偶然的。试看古代的文人像欧阳修、苏轼、柳宗元、韩愈，儒学家像周敦颐、程颢、张载、朱熹，哪一个不是少年得志，登科及第的？上天要他们先得了地位，才能抛弃以前的俗学，而后才能有全力去攻读实际的学问。试看各位先生的应试文章，都不是太好，经过晚年的努力学习之后，才变得才学不凡。如果不是这样，他们终日用心在五言八韵、对策三条上，怎么能有足以传世的学问呢？说到在中晚年才中了科举的名人贤士，只有归熙甫一个人。然而他的古文虽然写得好，但终究摆脱不掉当时文章的俗气，而且终生不会写诗。这也是受俗学所拖累的一个明白的例证。”

难解乐府语

【原文】

或问：“太白乐府‘元气是文康之老亲’作何解？”余按：周舍《上云乐》曰：“西方老胡，厥名文康。”此其所本。然乐府语多不可解，如《乌栖曲》之“目作宴瑱饱，腹作宛恼饥，刀作离数僻”，措语奥僻。又曰：“既死明月魄，无复玻璃魂。”“明月魄”，可解也；“玻璃魂”，不可解也。周宣王时《采薪歌》曰：“金虎入门吸元泉。”“金虎”、“元泉”，的是何物？

【译文】

有人问：“太白乐府中的‘元气是文康之老亲’怎样理解？”我查了资料：周舍的《上云乐》说：“西方的胡人，俗称叫文康。”这是太白乐府中此句的出处。但是乐府中有很多话都解释不出来，像《乌栖曲》的“目作宴瑱饱，腹作宛恼饥，刀作离数僻”，语句十分古奥生僻。又说：“既死明月魄，无复玻璃魂。”“明月魄”还可以解释，但“玻璃魂”，就不可理解啦。周宣王时有《采薪歌》说：“金虎入门吸元泉。”“金虎”、“元泉”到底指的是什么东西？

诗文集之名

【原文】

诗文集之名，始东京。《隋经籍志》曰："集之名，东京所创。"盖指班史某人文几篇，某人诗几篇而言。后人集之，非自为集也。齐、梁间始有自为集者：王筠以一官为一集，江淹自名前后集，是也。有一人之集，止一题者：《阮步兵集》五言十八篇，四言十三篇，题皆曰《咏怀》；应休琏诗八卷，总名曰《百一诗》，是也。亦有一集止为一事者：梁元帝为《燕歌行》，群臣和之，为《燕歌行集》；唐睿宗时，李适送司马承祯《还山诗》，朝士和者三百余人，徐彦伯编而序之，号《白云记》，是也。有一集止一体者：崔道融《唐诗》二卷，皆四言，是也。有数人唱和而成集者：元、白之《因继集》，皮、陆之《松陵集》，温飞卿之《汉上题襟集》，是也。

【译文】

诗歌文集的名字，开始于东京。《隋经籍志》说："集这个名称，是东京创制的。"这是指班史中有某人几篇文章，某人几篇诗稿而言的。后人把它们编辑成册，并非原来就是自成一集。齐、梁时才开始有自己编集成册的，王筠以一个官为一集，江淹自己叫前后集，就属于这一类型。有一人一个集子的，只有一个题目：《阮步兵集》中五言诗有十八篇，四言绝句有十三篇，题目都叫作《咏怀》；应休琏有诗歌八卷，总名叫《百一诗》，这也是一种类型。还有一种集子只写一件事：梁元帝的《燕歌行》，群臣都来和这首诗的韵写成《燕歌行集》；唐睿宗的时候，李适送司马承祯的《还山诗》，朝中和这首诗的有三百多人，徐彦伯编集成册，并作了序，起名叫《白云记》，这也是一个例子。也有一本文集只用一个体裁的：像崔道融的《唐诗》二卷，都是四言绝句，就是这样。有几个人一起唱和而编辑成集的：如元稹、白居易的《因继集》；皮日休、陆游的《松陵集》，温飞卿的《汉上题襟集》，都是这一类型的代表。

别号非古

【原文】

古无小照，起于汉武梁祠画古贤烈女之像。而今则庸夫俗子，皆有一行乐图矣。古无别号，起于史卫王，纨绔子弟，创“云麓”、“十洲”之号，互相称诩。而今则市井少年，皆有一别字矣。索题者累百盈千，余不得已，随手应酬，尝《口号》云：“别号称非古，题图诗不存。”偶然翻撷全集，存者尚多，可见割爱甚难；然所存，亦十分中之一二。

【译文】

古代没有画像，这些东西起源于汉武梁祠里画的古代名贤烈女之像。而今天的庸夫俗子，都有一张行乐图。古代没有别号，起源于史卫王，纨绔子弟，创下“云麓”、“十洲”这样的别号，互相称许。而今天的市井少年，都有一个别字。要题诗的成千上万，我不得已，随手应酬，曾写有《口号》说：“别号叫非古，题图的诗不能留存。”偶然翻看全集，存留的还有不少，可见割爱不容易。但是存下来的诗，也不过是十分之一、二罢了。

诗贵真切

【原文】

诗难其真也，有性情而后真，否则敷衍成文矣；诗难其雅也，有学问而后雅，否则俚鄙率意矣。太白斗酒诗百篇，东坡嬉笑怒骂，皆成文章，不过一时兴到语，不可以词害意。若认以为真，则两家之集，宜塞破屋子，而何以仅存若干？且可精选者，亦不过十之五六。人安得恃才而自放乎？惟糜惟芑，美谷也，而

必加舂揄扬簸之功；赤堇之铜，良金也，而必加千辟万灌之铸。

【译文】

诗很难用来描写真实的感情，先有性情而后才谈到真实，否则是敷衍成文。诗歌要想淡雅是很难的，先有学问而后才能达到雅的境界，否则诗就显得粗俗不堪。李太白喝酒一斗写诗百篇，东坡的嘻笑怒骂，都成文章；不过是一时兴致到时得来的语句，不能因词而妨害了意境。若引以为真，则两家的文集，最好扔到破屋子里去，又怎么会存下这么多呢？而且可以精选出来的，也不过是十分之五、六。人怎么可以恃才而放旷呢？糜和芑都是优良的谷物，但还需经过舂皮扬糠的功夫；赤堇之铜是精纯的铜，但也需要多次的开采和浇灌铸造。

讽世语

【原文】

讽世语最蕴藉者，某《游春》云："地湿莎青雨后天，桃花红近竹林边。游人本是农桑客，记得春深要种田。"《咏桑》云："采采东风叶满篮，御寒功已在春蚕。世间多少闲花草，无补生民亦自惭。"《雨中作》云："布被装棉梦黯然，晓看遥岫锁轻烟。蹇驴尽避当风马，也有香泥湿锦鞯。"

【译文】

劝讽世情而语言又最为含蓄蕴藉的一篇诗，某人《游春》说："地湿莎青雨后天，桃花红近竹林边。游人本是农桑客，记得春深要种田。"还有一首《咏桑》诗说："采采东风叶满篮，御寒功已在春蚕。世间多少闲花草，无补生民亦自惭。"《雨中作》诗说："布被装棉梦黯然，晓看遥岫锁轻烟。蹇驴尽避当风马，也有香泥湿锦鞯。"

戒滥评

【原文】

西崖先生云："诗话作而诗亡。"余尝不解其说，后读《渔隐丛话》，而叹宋人之诗可存。宋人之话可废也。皮光业诗云："行人折柳和轻絮，飞燕含泥带落花。"诗佳矣。裴光约訾之曰："柳当有絮，燕或无泥。"唐人："姑苏城外寒山寺，夜半钟声到客船。"诗佳矣。欧公讥其夜半无钟声。作诗话者，又历举其夜半之钟，以证实之。如此论诗，使人夭阏性灵，塞断机括，岂非"诗话作而诗亡"哉？或赞杜诗之妙。一经生曰："'浊醪谁造汝？一醉散千愁。'酒是杜康所造，而杜甫不知，安得谓之诗人哉？"痴人说梦，势必至此。

【译文】

西崖先生说："要是有写评论诗的，诗就不能存在了。"我常常不明白这句话的意思，后来读了《渔隐丛话》，便感叹宋人的诗值得保存，而宋人的那些评论诗的话却可以不要。皮光业有诗说："行人折柳和轻絮，飞燕含泥带落花。"诗写得非常好。裴光约却批评说："柳当有絮，燕或无泥。"唐人有诗："姑苏城外寒山寺，夜半钟声到客船。"诗写得很棒。欧阳修讥笑这首诗，认为夜半哪里会有钟声。而那些写诗话的人，还多次举例夜半钟声的事情来考证这件事。这样来评价诗歌，让人的灵性和智慧堵塞，气血翻飞，这不就是"诗话作而诗亡"吗？有人赞扬杜甫诗写得巧妙。一位研读经书的书虫说："'浊醪谁造汝？一醉散千愁。'酒是杜康所造，而杜甫竟然不知道，又怎么能称上是诗人呢？"痴人说梦，势必导致这种结局。

英俊少年留佳作

【原文】

心馀手持诗集廿卷向余云："知交遍海内，作序只托随园。"余感其意，临别涕下。其子知让见赠五古，洒洒千言，合少陵、香山而一之，篇什太长，故未钞录。与余论古尤合，又赠三律，有句云："公所读书人亦读，不如公处只聪明。"

心馀书舍，有扬州汪端光孝廉赠句云："置酒好招乡父老，解衣平揖汉公卿。"汪字剑潭，少年玉貌，佳句如"水定渔灯出，风骄戍鼓沉。""路长行应独，舟小买宜双"。"月明又是无边水，半照行人半照鱼。"皆有别趣。

【译文】

心馀拿着二十卷诗集对我说："我结交的知己朋友遍布海内，但为我的诗作序只托付给你。"我被他的情意所感动，临别时不禁落下泪来。他的儿子知道让赠给我一首五言古诗，洋洋洒洒千字，集合了杜甫、白居易的诗歌特点。因为篇幅太长，所以不能抄录。他与我谈论古诗时的趣味十分相投，因此又赠我三首诗律，有一句说："公所读书人亦读，不如公处只聪明。"

心馀的书房，有扬州汪端光孝廉的赠句说："置酒好招乡父老，解衣平揖汉公卿。"汪端光字剑潭，少年英俊，有好的诗句像："水定渔灯出，风骄戍鼓沉。""路长行应独，舟小买宜双。""月明又是无边水，半照行人半照鱼。"这些都写得别有趣味。

诗中典故探

【原文】

或问："李师中将出兵，在韩魏公席上赋诗，云：'归来不愿封侯印，只向君王觅爱卿。'不知所用何典？"

余按：《宋史·王景传》："景仕唐，归晋，高祖厚遇之，问其所欲。对：'受恩已厚，无所俗。'固问之。乃曰：'臣为小卒，常负胡床，从队长过官妓侯小师家弹唱，心颇慕之。今得小师为妻，足矣。'高祖大笑，即以赐之，封楚国夫人。"疑师中即指此事。后蔡攸出兵，指帝座刘妃求赏，其事在后。或云："爱卿者，即魏公席上之妓名。"

【译文】

有人问："李师中将要带兵出征，临别在韩魏公席作诗说：'归来不愿封侯印，只向君王觅爱卿。'不知他用的是什么典故。"我认为用的是《宋史·王景传》："王景原本在唐朝做官，归附晋朝后，高祖十分厚待他，问他想干什么。他回答说：'已经受恩太多了，没什么要求的。'高祖再三问他，才说：'我做小卒的时候，常背着胡床，跟着队长到官妓侯小师家听弹唱，心里十分羡慕她。今天如果能得小师为妻，就别无它求了。'高祖大笑起来，就把侯小师赐给了他，封为楚国夫人。"我想李师中说的就是这件事。后来蔡攸出兵，也曾指着皇帝旁边的刘妃请求赏给他，这件事发生在以后。后来有人说："爱卿，指的就是魏公席上一位妓女的名字。"

新不如旧

【原文】

诗虽新，似旧才佳。尹似村云："看花好似寻良友，得句浑疑是旧诗。"古渔云："得句浑疑先辈语，登筵初僭少年人。"偶过西湖，见陈庄题壁云："一叶蜻蜓似缺瓜，年年荡桨水云涯。叉鱼射鸭娇无力，笑人南湖接藕花。""苏小楼头杨柳风，小姑斗草语芳丛。阿侬家住胭脂岭，怪底花枝映日红。"末署"竹屿"二字。苏州吴进士泰来也。新安江寺见题壁云："昨与邻舟姊妹逢，香风暖处话从容。低头怕有渔郎至，不看莲花只看侬。""滩头漠漠起炊烟，折罢莲花正暮天。却怪鸳鸯不解事，偏依侬艇并头眠。"末署"鲁凤藻"三字。

【译文】

诗即便是新的，看上去却像旧的，这样才是好诗。尹似村说："看花好似寻良友，得句浑疑是旧诗。"古渔说："得句浑疑先辈语，登筵初僭少年人。"我偶然路过西湖，看见陈庄题壁诗说："一叶蜻蜓似缺瓜，年年荡桨水云涯。叉鱼射鸭娇无力，笑人南湖接藕花。""苏小楼头杨柳风，小姑斗草语芳丛。阿侬家住胭脂岭，怪底花枝映日红。"诗后边落款有"竹屿"二字，这是苏州吴泰来进士。我还在新安江看见有题壁诗，诗中说："昨与邻舟姊妹逢，香风暖处话从容。低头怕有渔郎至，不看莲花只看侬。""滩头漠漠起炊烟，折罢莲花正暮天。却怪鸳鸯不解事，偏依侬艇并头眠。"诗后署有"鲁凤藻"三个字。

做官容易作诗难

【原文】

近人佳句有相同者：董曲江太史《历城》诗云："寺塔插天云外影，人烟近市日中声。"江于九太守《游九华山》云："松竹分峦翠，云烟隔寺声。"陈梅岑句云："津鼓声沉寒雨急，渔灯影乱夜潮来。"蒋心馀句云："守堠兵多官舫过，拔篙声缓乱滩来。"李竹溪句云："相逢马上摇头者，得句知他胜得官。"李怀民句云："思苦如中酒，吟成胜拜官。"

【译文】

近代人有好诗句相同的：董曲江太史有《历城》诗说："寺塔插天云外影，

人烟近市日中声。"江于九太守写《游九华山》诗说："松竹分峦翠，云烟隔寺声。"陈梅岑有诗句说："津鼓声沉寒雨急，渔灯影乱夜潮来。"蒋心馀有诗句说："守堠兵多官舫过，拔篙声缓乱滩来。"李竹溪有诗句说："相逢马上摇头者，得句知他胜得官。"李怀民有诗句说："思苦如中酒，吟成胜拜官。"

题庙堂诗

【原文】

对联有解颐者：康熙时，广东诗僧石莲，住海珠寺，交通公卿。寺塑金刚与弥勒环坐，题对联云："莫怪和尚们，这般大样；请看护法者，岂是小人。"杨兰坡《题倒坐观音像》云："问大士缘何倒坐？恨世人不肯回头！"江西某《题养济院》云："看诸君脑满肠肥，此日共餐常住饭；想一样钟鸣鼎食，前生都是宰官身。"

【译文】

对联有让人发笑的：康熙年间，广东诗僧石莲，住在海珠寺，和公卿们都有交往走动。寺里塑的是金刚和弥勒环坐，题有对联说："不要责怪和尚们，这样架子大；请看那些护法者，难道是小人物。"杨兰坡《题倒坐观音像》说："问大士缘何倒坐？恨世人不肯回头！"江西有人写《题养济院》说："看你们个个都脑满肠肥，每天都在一起吃住；想你们都一样听见钟声就开饭，前生都是做官的那种人了。"

诗人的不同运气

【原文】

古诗人遭际，有幸不幸焉。唐宰相郑畋之女，爱读罗隐诗，后隔帘窥其貌寝，遂终身不复再诵。明谢茂秦眇一目，貌不扬。而赵穆王爱其诗，酒阑乐作，出所爱贾姬，光华夺目，奏琵琶，歌谢所作《竹枝词》，即以赠之。宋真宗时，宋子京乘车，路遇宫人，知为状元，呼曰："小宋耶？"子京赋诗，有"更隔蓬山一万重"之句。流传禁中，真宗知之，赐以宫女，曰："蓬山不远。"正德南巡，翰林谢政年少美貌，迎驾西江，见宫眷船，误为御舟，跪迎报名，适宫人开窗泼水，见之一笑。谢赋诗云："天上果然花绝代，人间竟有笑因缘。"亦复流传宫禁。武宗怒，削籍遣归。

【译文】

古代诗人的遭遇，有不幸的，也有幸运的。唐朝宰相郑畋的女儿，爱读罗隐的诗，后来隔着帘子偷看到了他的长相实在不佳，从此终身都不再读了。明朝谢茂秦瞎了一只眼，其貌不扬。而赵穆王喜欢他的诗，酒席将尽奏起了音乐，他把所钟爱的贾姬叫出来，她光彩照人，弹奏琵琶，唱谢茂秦所写的《竹枝词》，然后赵穆王就把贾姬赠给了他。宋真宗的时候，宋子京坐车，路见宫人，知道他是状元，就叫道："是小宋吗？"子京写诗，有"更隔蓬山一万重"的诗句。诗句流传皇宫之中，真宗知道了，就赐给他宫女，说："仙山不远啊。"明朝正德帝南巡视察，翰林谢政正值少年，长相英俊潇洒，在西江上迎接圣驾，见宫眷船来了，误认为是御舟，就跪迎报名，刚好宫人开窗泼水，见了他就笑了笑。谢政写诗说："天上果然花绝代，人间竟有笑因缘。"这诗也在后宫中流传。武宗知道后大怒，将谢政削职除名，送归家乡。

诗人也逃学

【原文】

儿童逃学，似非佳子弟。然唐相韦端己诗云："曾为看花偷出郭，也因逃学暂登楼。"文潞公幼时，畏父督课，逃西邻张尧佐家，后有灯笼锦之赂。盖与贵妃本属世交，常通缟纻故也。可见诗人、名相，幼时亦尝逃学矣。阿通九岁，能知四声，而性贪嬉戏。重九日，余出对云：“家有登高处。”通应声曰：“人无放学时。”余不觉大笑，为请于先生而放学焉。其师出对云：“上山人斫竹。”通云：“隔树鸟含花。”

【译文】

儿童逃学，好像不是好的子弟，但是唐朝宰相韦端已有诗说：“曾为看花偷出郭，也因逃学暂登楼。”文潞公小的时候，害怕父亲督促功课，就逃到西邻张尧佐的家里，后来有灯笼锦相赠的故事。这是因为他和贵妃本是世交，常有礼物往来的缘故。可见诗人、名相，小时候也常逃学啊！阿通九岁的时候，就知道辨别四声，而性格贪于玩耍。重阳节的时候，我出对子说：“家有登高处。”阿通应声说：“人无放学时。”我不觉大笑，因此请先生为他放假。他的老师出对说：“上山人斫竹。”通应声对说：“隔树鸟含花。”

七旬老翁应试

【原文】

黄石牧先生以翰林中允，督学闽中，因公落职。吾乡徐文穆公荐举博学鸿词，与余同试保和殿。先生年过七旬，神明衰矣，以不完卷，累荐主议处，盖马伏波自忘其老之过也。《唐堂诗集》生新超隽，美不胜收。姑录短句，以志一脔之嗜。《芭蕉》云：“日不红三伏，天惟绿一庵。”《北路买饼》云：“驻马一钱交易，羁留三刻行程。”《玫瑰花》云：“生来合是依人命，从不容渠在树看。”集中七古，远胜潘稼堂。

【译文】

黄石牧先生以翰林身份公正无私，

到闽中督学，因公事被削职。我的老乡徐文穆公推荐他举博学鸿词科，和我一起去保和殿面试。先生当时已年过七十，神明衰老，写不完试卷，牵累推荐他的人受到讥议。这是像马伏波一样忘了自己已经衰老的过错啊。《唐堂诗集》写得新颖隽永，美不胜收，在这儿且记下几个短句，来满足读者的愿望。有《芭蕉》诗说："日不红三伏，天惟绿一庵。"《北路买饼》说："驻马一钱交易，羁留三刻行程。"《玫瑰花》诗说："生来合是依人命，从不容渠在树看。"集中的七言古诗，远远超过潘稼堂的水平。

论　古

【原文】

余雅不喜苛论古人。阮亭骂杜甫无耻，以其上明皇《西岳赋表》云："惟岳授陛下元弼，克生司空。"指杨国忠故也。不知表奏体裁，君相并美，非有心阿附。况国忠乱国之迹，日后始昭。当初相时，杜甫微臣，难遽斥为奸佞。即如上哥舒翰诗，亦极推尊，安能逆料其将来有潼关之败哉？韩昌黎《赠郑尚书序》，郑权也；颜真卿《争坐位帖》，与郭英义也：本传皆非正人，而两贤颇加推奉，行文休制，不得不然。宋人訾陆放翁为韩侂胄作记，以为党奸；魏叔子责谢叠山作《却聘书》，以伯夷自比，是以殷纣比宋：皆属吹毛之论。孔子"与上大夫言，訚訚如也。"所谓"上大夫"者，独非季桓子、叔孙武叔一辈人乎？

【译文】

我平素不喜欢苛刻要求古人。阮亭骂杜甫无耻，因为杜甫有上呈明皇的《西岳赋表》说："是华山送经陛下李元弼，来克司空。"这是指杨国忠的缘故呀。阮亭不知道表奏的体裁，体裁要求君相都要赞美，杜甫不是有心去阿谀奉承。更何况杨国忠乱国的劣迹，日后才被发现。当初他做宰相的时候，杜甫是个小官，不能斥责他为奸佞。就像上呈的哥舒翰诗，也极尽推崇尊长之能事；怎么会能料到他以后败在潼关？韩昌黎写《赠郑尚书序》，推崇郑权；颜真卿写《争坐位帖》，和郭英义交往；本传里郑叔，郭英义都不是正人君子，但两位贤者都对他们十分推崇，这是行文体例，不得不这样。宋人批判陆放翁写韩侂胄的传记，认为他是奸党；魏叔子责怪谢叠山写《却聘书》，用伯夷自比，是把殷纣和宋做比较：这都是吹毛求疵的言论。孔子说："与上大夫谈话，和颜悦色。"所说的上大夫一类的人，难道不是季桓子、叔孙武叔一辈人吗？

恬淡添寿

【原文】

余己未同年，多出任封疆，内调鼎鼐者，可谓盛矣。近都薨逝，惟余以奉母故，空山独存。想勤劳王事者，毕竟耗心力，损年寿耶？嵇康有"圉马不乘，寿高群厩"之语，似亦有理。宋人《吟古树》云："四边乔木尽儿孙，曾见吴宫几度春。若使当时成大厦，也应随例作灰尘。"《闺词》云："羡他村落无盐女，不宠无惊过一生。"

【译文】

我的己未同年，大多出任封疆大臣，然后调回来多委以重任，可以说很多呀。但近来都去世了，只有我因为侍奉母亲的缘故，还独自活在这空山中。想来他们是为皇上操心干事，为社稷效力，毕竟耗费心力，因此才会损年折寿的吧？嵇康有"不骑的马，比其他的马都长寿"的话，似乎也有道理。宋人《吟古树》说："四边乔木尽儿孙，曾见吴宫几度春。若使当时成大厦，也应随例作灰尘。"有《闺词》说："美他村落无盐女，不宠无惊过一生。"

沈周之诗

【原文】

文、沈、唐、仇，以画名前朝。仇画从无题咏。唐能诗，恰无佳句。诗画兼工者，惟文、沈二公。而笔情超脱，则沈为独绝。《落花》云："美人天远无家别，逐客春深尽族行。”“苦戒儿童莫摇树，空教行路欲窥墙。”“渔艇再来非旧径，酒家重访是空村。”《咏影》云：“算来只有鳏夫称，老去犹堪作伴行。”《金山》云：“过江如隔世，人寺不知山。”有《爱日歌》、《七十自寿》两篇奇绝，惜篇长难录。

【译文】

文征明、沈周、唐寅、仇英四人，因为擅长绘画而闻名于明朝。仇英的画从来没有过题咏。唐寅能自己写诗，可惜没有好的句子。诗歌与绘画都十分擅长的，只有文、沈二公。而文笔情感超脱的，只有沈周独特绝妙。他写有《落花》诗说：“美人天远无家别，逐客春深尽族行。”“苦戒儿童莫摇树，空教行路欲窥墙。”“渔艇再来非旧径，酒家重访是空村。”《咏影》诗说：“算来只有鳏夫称，老去犹堪作伴行。”《金山》诗说：“过江如隔世，人寺不知山。”有《爱日歌》、《七十自寿》两篇写得特别好，可惜篇幅太长，记不下来。

遇才结友

【原文】

人有邂逅相逢，慕其风貌，与通一语，不料其能诗者；已而以诗见投，则相得益甚。丙辰冬，余游土地庙，见美少年，揖而与言，方知是李玉洲先生第三子，名光运，字傅天。问余姓名，欣然握手。次日见赠云：“燕地逢仙客，新交胜故知。高才偏不偶，大遇合教迟。书剑怀俦侣，风霜感岁时。惭予初学步，何以慰相思？”时予才弱冠，广西金抚军疏中首及其年；傅天阅邸报，先知余故也。丙戌二月，余游寒山，一少年甚闲雅，问之，姓郭，名淳，字元会，吴下秀才，素读予文者。次日，与沙斗初同来受业。方与语时，易观手中所持扇，临别，彼此忘归原物。次日，诗调之云：“取来纨扇置怀中，忘却归还彼此同。摇向花前应一笑，少男风变老人风。”秀才见赠五古一篇，洋洋千言，中有云：“琴书得余闲，判花作御史。飞絮泥不沾，太清云不滓。多情乃佛心，泛爱真君子。禅有欢喜法，圣无缁磷理。所以每到处，风花缠杖履。”乙酉三月，尹文端公扈驾坠马，余往问疾。在军门外，遇美少年，眉目如画，未敢问其姓名，怅怅还家。俄而户外马嘶，则少年至矣。曰：“先生不识东兴阿乎？阿乃总镇七公儿。幼时，先生到馆，曾蒙赠诗。与阿和韵云：‘蒙赠珠玑几行字，也开智慧一分花。’先生忘之乎？”余惊喜，问其年。曰：“十八矣。已举京兆。”

【译文】

人与人邂逅相逢，因为仰慕对方的风采容貌，想要和他说几句话，不料他竟然是能写诗的；后来又有诗书往来，两个人十分投缘。丙辰年冬天，我游土地庙，看见一个英俊少年，作揖行礼之后谈起话来，才知道他是李玉洲先生的第三个儿子，名叫光远，字傅天。他问了我的姓名，然后我们高兴地握手做起了朋友。第二天他赠我一首诗说：“燕地逢仙客，新交胜故知。高才偏不偶，大遇合教迟。书剑怀俦侣，风霜感岁时。惭予初学步，何以慰相思？”当时我才二十岁，广西金抚军在上奏的文书中曾提到了这一点；李傅天读过官报，因此早就知道了我的年龄。丙戌年二月，我游寒山，看到一个十分闲适文雅的少年，上前询问他，说是姓郭，名淳，字元会，是吴下的秀才，平时爱读我的诗文。第二天，和沙斗初一起来求教于我。讲话的时候，我们相互交换了手中的扇子欣赏，临别的时候，大家都忘了归还原主。第二天，我写诗调侃这件事说：“取来纨扇置怀中，忘却归还彼此同。摇向花前应一笑，少男风变老人风。”秀才赠了我一篇五言古诗，洋洋洒洒的足有一千来字，中间有几句说：“琴书得余闲，判花作御史。飞絮泥不沾，太清云不滓。多情乃佛心，泛爱真君子。禅有欢喜法，圣无缁磷理。所以每到处，风花缠杖履。”乙酉年三月，尹文端公骑马时从马上掉下来，我前去慰问他的病情。在军门外，遇见一英俊的少年，眉目如画，当时不敢问他的姓名，于是怅然回家。过了一会门听见马叫声，原来是刚才的少年来了。说：“先生难道已经不认识东兴我了吗？我是总镇七公的儿子，小的时候，先生到家里来做客，还赠过诗给我。而我也和了你的韵写了首诗，其中有二句是：‘蒙赠珠玑几行字，也开智慧一分花。’先生忘了吗？”我又惊又喜，问他的岁数，说：“现在十八了，已经被提拔为京兆之职了。”

人参换野菜

【原文】

许太监者，名坤，杭州人，在京师颇有气焰，而性爱文士。尝过杭太史堇浦家，采野苋一束去，报以人参一斤。欲交郑太史虎文，郑不与通。人疑郑故孤峭者。然其《咏红豆》诗，颇有宋广平《赋梅花》之意。词云：“记取灵芸别后身，玉壶清泪血痕新。伤心略似燃于釜，绕宅何缘幻作人？一点红宜留玉臂，十分圆欲上樱唇。只嫌不及榴房子，空结团圞未子因。”梁瑶峰少宰和云：“采绿何曾胜采蓝，猩红端合摘江南。且看沉水星星活，得似灵犀点点含。秋汉可烦桥更驾，朝云应有梦同甘。石榴消息分明是，朱鸟窗前仔细探。”按：红豆生于广东。乾隆丙戌，郑督学其地，梁为粮道，故彼此分咏此题。

【译文】

许太监名坤，是杭州人，在京城有权有势，但性情上却喜爱文士。曾经路过太史杭堇浦家，采了一把野菜拿走了，却留下了一斤人参作为回报。他想和太史郑虎文交朋友，郑不和他来往。人们都怀疑郑虎文是孤僻的人，然而他的《咏红豆》诗，颇有宋广平《赋梅花》的意境。诗中说：“记取灵芸别后身，玉壶清泪血痕新。伤心略似燃于釜，绕宅何缘幻作人？一点红宜留玉臂，十分圆欲上樱唇。只嫌不及榴房子，空结团圞未子因。”梁瑶峰少宰和这首诗说：“采绿何曾胜采蓝，猩红端合摘江南。且看沉水星星活，得似灵犀点点含。秋汉可烦桥更驾，朝云应有梦同甘。石榴消息分明是，朱鸟窗前仔细探。”据记载，红豆生于广东。乾隆丙戌年，郑太史在这里督学，梁瑶峰为粮道，所以各自都以此题咏诗。

正者拒妓

【原文】

夏醴谷督学广东，有门生郑齐一者，年少貌美，舟中妓醉而逼之。郑勃然怒曰："使不得！"夏赠以诗云："柔情似水从头抹，硬语如刀带酒听。"程鱼门北上，旅店主人招妓侑酒，鱼门与同饮，而却其眠，作诗曰："花明野店春无主，月黑秋林幸有灯。"潘筠轩笑曰："次句，有小说秉烛达旦之意。"

【译文】

夏醴谷在广东督学时，有个门生叫郑齐一的，年少貌美。有一天船中一妓女喝醉了强迫他。郑齐一勃然大怒说："使不得！"于是夏醴谷赠诗给他说："柔情似水从头抹，硬语如刀带酒听。"程鱼门北上旅行，旅店主人招来妓女劝酒，程鱼门和她一起喝酒，喝完之后但却推辞了她，独自一个人睡觉，作诗说："花明野店春无主，月黑秋林幸有灯。"潘筠轩笑他说："第二句有小说中的那种秉烛夜读的意味。"

诗功

【原文】

湖州潘进士立亭，名汝晟，诗宗韩、杜，五古尤佳。《偶成》云："静士难为介，静女难为媒。嫁容静女丑，交面静士羞。盛年易晼晚，独抱无驿邮。桃李非我春，蒲柳非我秋。鹤老心万里，鹏怒翼九州。未免笑樊援，岂屑伍喧啾。”“搜春润章句，摘卉膏吟哦。非无兰茗玩，风骚旨已伪。诗涛与诗骨，韩孟两嵯峨。昆体逮铁体，滔滔同一波。金天削秀华，碧海鸣神龟。义色少姚佚，吉词无淫颇。褒中南风手，请为《南风歌》。寥寥发古响，羯鼓如予何？”潘宰直隶某县，以迂缓故，几被劾矣。适傅忠勇公平金川归，潘献《铙歌》，公大夸赏，乃改为卓荐。

【译文】

湖州的潘立亭进士，名字叫作汝晟，写诗学习韩愈、杜甫，五言古诗尤其写得好。有《偶成》诗说："静士难为介，静女难为媒。嫁容静女丑，交面静士羞。盛年易畹晚，独抱无驿邮。桃李非我春，蒲柳非我秋。鹤老心万里，鹏怒翼九州。未免笑樊援，岂屑伍喧啾。”“搜春润章句，摘卉膏吟哦。非无兰茗玩，风骚旨已伪。诗涛与诗骨，韩孟两嵯峨。昆体逮铁体，滔滔同一波。金天削秀华，碧海鸣神龟。义色少姚佚，吉词无淫颇。褒中南风手，请为《南风歌》。寥寥发古响，羯鼓如予何？”潘在直隶某县做官时，因为行为迂腐迟缓，因此几次都被弹劾。刚好听说忠勇公平定了金山回来，潘献上一首《铙歌》，忠勇公读后大为夸奖，把他从弹劾下官改为极力推荐，这不能不说是诗的功劳。

姑表二兄弟

【原文】

姚中甫方伯与沈永之观察，本中表亲，姚姊嫁沈。二人年少时，与余同肄业书院，每见方伯家遣僮担盒，供其子婿。二人同登会科，沈寄姚诗云："辛勤二老训喃喃，爱婿犹如爱长男。甘脆每教常健饭，苦吟犹记许分甘。”沈殿试二甲第三，姚二甲第二，自后官阶沈必差姚一级：姚为观察，沈为太守；沈为观察，则姚为方伯矣。沈又寄诗云："平生每好居人后，今日还应让弟先。”余将赴广西金抚军之聘，姚赋诗相留曰："就使将军重揖客，何如南国有词人？"后四十年，姚竟巡抚广西，余寄书云：“不料当日所谓‘将军’，即此时之阁下，惜我不能来作揖客耳！”永之在书院《寄内》诗云：“深院蝶娇无语坐，小园花嫩卷帘看。”为掌教杨文叔先生所赏。

【译文】

姚申甫方伯和沈永之观察是姑表亲戚，姚的姐姐嫁给了沈永之。二人年轻的时候，和我一同在书院毕业，每回都见方伯家派童子挑饭盒，一起供给他的儿子和女婿。二人一起考上了乡会科，沈永之寄诗给姚申甫说：“辛勤二老训喃喃，爱婿犹如爱长男。甘脆每教常健饭，苦吟犹记许分甘。”沈永之中了殿试二甲第三名，姚申甫中了二甲第二名，以后的官衔沈永之总是比姚申甫差了一等：姚为观察，沈就是太守；沈为观察，则姚已是方伯了。沈永之又寄诗说：“平生每好居人后，今日还应让弟先。”我要赶往广西应金抚军的邀请，姚申甫写诗相留说：“就使将军重揖客，何如南国有词人？”后来四十年，姚申甫竟然做了广西巡抚，我寄信说：“不料当日说的将军，就是今天的你，可惜我不能来做你的幕僚了！”沈永之在书院写《寄内》诗说：“深院蝶娇无语坐，小园花嫩卷帘看。”这诗被掌教的杨文叔先生十分欣赏。

淡雅桐城公

【原文】

桐城相公七十生辰，余与诸翰林祝寿。宴罢，各赐诗扇一柄，诗写《田园杂兴》云：“不识风尘劳扰，但知云水盘桓。买畚偶来城市，祀神一著衣冠。”“小桥流水村近，疏柳长堤路斜。车马不闻叩户，鸡豚自识还家。”“烟生茅屋云白，雨过菱塘水新。今岁秋田大稔，稻苗高过行人。”“竹屋正临流水，槿篱曲绕闲亭。此是吾庐本色，被人偷作丹青。”“作苦最怜田妇，布衣椎髻无华。馌饷并携稚子，采桑不摘闲花。”公终身富贵，而诗能淡雅若此。

【译文】

桐城相公七十大寿时，我和诸翰林向他祝寿。宴会后，相公赐于每个人诗扇一柄，写有一首《田园杂兴》说："不识风尘劳扰，但知云水盘桓。买春偶来城市，祀神一著衣冠。""小桥流水村近，疏柳长堤路斜。车马不闻叩户，鸡豚自识还家。""烟生茅屋云白，雨过菱塘水新。今岁秋田大稔，稻苗高过行人。""竹屋正临流水，槿篱曲绕闲亭。此是吾庐本色，被人偷作丹青。""作苦最怜田妇，布衣椎髻无华。馌饷并携稚子，采桑不摘闲花。"桐城相公终身富贵，而自己的诗却淡雅到这种地步，实在最难得。

尊唐贬宋遭戏

【原文】

沈光禄子大、许明府子逊，二人齐名。沈如："竹光晨露滑，池静夜泉生。"许如："钟声凉引月，江气夕沉山。"真少陵也。行役绝句，有相同者。沈云："惟有梦魂吹不断，明月犹自逆风归。"许云："明月有情应识我，年年相见在他乡。"子逊先生与余为忘年交，论诗尊唐黜宋，失之太拘。有某少年，故意抄宋诗之有声调者试之，先生误以为唐，少年大笑。余赠云："前生合是唐宫女，不唱开元以后诗。"

【译文】

光禄大夫沈子大，明府许子逊，二人在当时齐名。沈子大有诗："竹光晨露滑，池静夜泉生。"许子逊写道："钟声凉引月，江气夕沉山。"真像杜甫啊。行役绝句，有相同的，沈说："惟有梦魂吹不断，明月犹自逆风归。"许说："明月有情应识我，年年相见在他乡。"许先生和我是忘年之交。他论诗是尊唐而贬宋，有点太拘于一己之见。有一个少年，故意抄宋时有声调韵律的诗试问他，先生误认为是唐朝时的诗，少年大笑起来。我赠他诗说："前生合是唐宫女，不唱开元以后诗。"

任氏姐妹情

【原文】

余酒席歌场乘人斗捷之作，多不载集中。乙未二月，避生日于苏州，有旧识女校书任氏，以扇索诗。余题云："隔年相见倍关情，楼上金灯楼下筝。难得相逢好时节，再迟三日是清明。""小市长陵路狭斜，当檐一树碧桃花。果然六十非虚度，半醉天台玉女家。"校书喜，次日引余见其第四妹。妹亦持扇索诗。余题云："玉立长身窈窕姿，相逢从此惹相思。云翘更比云英弱，知是瑶台第四枝。""若非月姊通消息，争得玄霜见少君？一样珍珠两行字，替他题上藕丝裙。"嗣后，任家姊妹，逢能文之客，必歌此四章，不落一字，亦慧人也。余初意庆六旬，欲仿康对山集名妓百人，唱百年歌，而不料称觞之日，仅得五人。御史蒋用庵同席后，将往杭州，留诗见赠云："喜是寻芳到未迟，唐昌观里正花时。芝兰九畹春如许，却让芝房第一枝。"谓芝仙校书。"风月东南属主盟，买花亲自载花行。未知桃叶曾迎否，先占扬州小杜名。""寿域欢场不易全，介眉见说有初筵。分明一样称觞酒，纤手扶来便欲仙。""馆娃回首梦虚无，又挂风帆西子湖。不识玉钗罗袖畔，可曾闲忆到狂夫？"余后四年，再过苏州，任氏姊名翠筠者，持旧扇相示。纸已破矣，犹装裹护持，为余唱曲。余感其情，再题二绝云："四年前赠扇头诗，多谢佳人好护持。不是文君才绝世，相如琴曲有谁知？""为侬重唱《玉珑玲》，呖呖莺声绕画屏。一曲歌终人一世，那堪头白客中听。"

【译文】

我在酒席、歌场上与人比赛写的诗，大多不记在诗集中。乙未年二月，我在苏州躲避生日，有过去认识的女校书任氏，她拿扇子来要我题诗。我题道："隔年相见倍关情，楼上金灯楼下筝。难得相逢好时节，再迟三日是清明。""小市长陵路狭斜，当檐一树碧桃花。果然六十非虚度，半醉天台玉女家。"校书十分高兴，第二天引我见她的第四个妹妹。四妹也拿扇子要我题诗。我题道："玉立长身窈窕姿，相逢从此惹相思。云翘更比云英弱，知是瑶台第四枝。""若非月姊通消息，争得玄霜见少君？一样珍珠两行字，替他题上藕丝裙。"从此以后，任家的姐妹，碰上能文的客人，一定要唱这四章诗，不落下一个字，真是聪明的人。我当初的意思是：在我六十大寿时，准备效仿康对山集合名妓一百人，唱百年歌；但不料在那天，仅得五人。御史蒋用庵用过席后，将要前往杭州，于是留赠我一首诗说："喜是寻芳到未迟，唐昌观里正花时。芝兰九畹春如许，却让芝房第一枝。"这里说的是芝仙校书。"风月东南属主盟，买花亲自载花行。未知桃叶曾迎否，先占扬州小杜名。""寿域欢场不易全，介眉见说有初筵，分明一样称觞酒，纤手扶来便欲仙。""馆娃回首梦虚无，又挂风帆西子湖。不识玉钗罗袖畔，可曾闲忆到狂夫？"我在以后四年中，再过苏州，任氏姐妹中有叫翠筠的，拿过去的扇子让我看。扇纸已经破了，她仍精心包裹爱护，为我唱曲。我被她的情所感动，又写了二绝句说："四年前赠扇头诗，多谢佳人好护持。不是文君才绝世，相如琴曲有谁知？""为侬重唱《玉珑玲》，呖呖莺声绕画屏。一曲歌终人一世，那堪头白客中听。"

诗词救名妓

【原文】

苏州太守孔南溪，风骨冷峭，权贵不敢以情干。青楼金蕊仙以事挂法，一时交好，无能为之道地。乃遣人至白下，求余关说。余与金甚疏，仅半面耳。窃念书中语倘不详为亲狎，转生孔之疑，乃寄札云："仆老矣，三生杜牧，万念俱空；只花月因缘，犹有狂奴故态。今春到治下，欲为寻春之举，而吴宫花草，半属虚名，接席衔杯，了无当意。惟女校书金某，含睇宜笑，故是佼佼于庸中。遂同探梅邓尉而别。刻下接萧娘一纸，道为他事牵引，就鞫黄堂，将有月缺花残之恨。其一切颠末，自有令甲，凭公以惠文冠弹治之，非仆所敢与闻。只念此小妮子，蕉叶有心，虽知卷雨；而杨枝无力，只好随风。偶茵溷之误投，遂穷民而无告。似乎君家宣圣复生，亦当在'少者怀之'之例，而必不'以杖叩其胫'也。且此辈南迎北送，何路不通？何不听请于有力者之家，而必远求数千里外之空山一叟？可想见夫子之门墙，壁立万仞，而非仆不足以替花请命耶？元微之诗云：'寄与东风好抬举，夜来曾有凤凰栖。'敬为明公诵之。"孔得札后，覆云："凤鸟曾栖之树，托抬举于东风；惟有当作召公之甘棠，勿剪勿伐而已。"二札风传一时。未二年，余又往苏州，过京口，已解缆矣，丹徒徐令挽舟相留，道：妓戴三与太守淮树章公司阍者狎，章知之，逐阍人，而不罪戴。戴往城隍庙焚香还愿，一庙喧然。章怒其张扬，严檄拘讯，将使荷校以徇。徐婉求不听，乞余解围。余召见戴三，则雾鬓风鬟，春秋老矣。然马骨千金，不可以不援手也。草札与太守云："昔钱穆父刺常州，宴请将管一妓，妓哀请。钱云：'得座上欧阳永叔一词，故当贷汝。'欧公为赋一阕，遂释之。仆虽非永叔，而公则今之穆父也。请为二章，以当小调。词曰：'东风吹散野鸳鸯，私爇神前一瓣香。为祝长官千万福，缘何翻恼长官肠？''樊川行矣一帆斜，那有情留子夜家？只问千秋贤太守，可曾几个斫桃花？'"交书徐公，即挂帆还白下。终不得消息，心殊惓惓。半月后，章寄函来，开看只七字，曰："桃花依旧笑东风。"

【译文】

苏州太守孔南溪，性格倔强，权贵都不敢以私情来干涉他办理公事。青楼女子金蕊仙因事犯法，向他求助，以前和她交往很好，但他又不可能给她讲理求情。于是就派人到白下，求我来说合。我和金蕊仙很是生疏，只见过一面。我在私下想：信中说如果不详细说明跟金很亲近，反而会让孔南溪多疑，于是就寄信说：“我老了，有杜牧三生那么大岁数了，万念俱空；只在花月姻缘上，还有狂奴故态。今年春天到治下，想做寻春之事；但那些普通女子，多半空有虚名；接席衔杯，没有多大意思。只有女妓金氏，含情脉脉笑得很好看，脱颖而出。于是就和她一同探望郑尉然后分手了。不久前接到一封萧娘的信，说她为他事所连累，在黄堂受审，将有很重的惩罚。她的一切事情，自有管事官吏，虽然您公正严明，不是我敢干涉的。只是念在这个小妮子像是芭蕉叶子，虽然有心卷雨，但却杨枝无力，只好随风而动。偶然误入歧途，就成了无处可告的穷民。就算君家宣圣重生，也应当在同情可怜的行列，而必然不必施以杖刑。况且这些人南迎北送，还有什么路不通？为什么不去请求那些有权势的人家，而却要远求千里之外空山的一位老头？可以想见你的门墙，肯定有壁立万仞之高；而不是除了我就无人替她求情了？元微之有诗说：‘寄予东风好抬举，夜来曾有凤凰栖。’我充满敬意为你读这首诗。”孔南溪得信后，回信说：“凤凰曾息栖的树，当然有东风来托举；只有当你是召公的甘棠，不剪不伐而已。”两封信风传一时。不到两年，我又去苏州，路过京口，已经解开船绳了，丹徒徐县令一定拉住船挽留，说：有一名妓戴三和太守淮树章公看门的人私通，章公知道后，就放逐了看门人，但不责怪戴三。戴三去城隍庙焚香还愿，庙里人都乱了。章公责备她做事张扬，严令把她传来拘留，准备惩罚她。徐县令婉言求他他不听，求我前去解围。我召见戴三，她已经是风烛残年，人老珠黄了。虽是马骨还值三千金呢，我不能不伸手援助。草草地写封信给太守说：“过去钱穆公任常州刺史，宴客时要鞭笞一个妓女，妓女哀求他。钱穆公说：‘你如果能得座上欧阳永叔的一首词，我可以饶了你。’欧阳公果然为她写了一阕，穆公就放了她。我虽然不是永叔，而你却是现在的钱穆公。请让我为她写两章，用来当小调。词说：‘东风吹散野鸳鸯，私爇神前一瓣香。为祝长官千万福，缘何翻恼长官肠？’‘樊川行矣一帆斜，那有情留子夜家？只问千秋贤太守，可曾几个斫桃花？’”我把信交给徐公，然后就坐船回到了白下，但始终没有消息传过来，我心里十分不安。半月后，章公寄信来，我拆开一看里面只有七个字：“桃花依旧笑东风。”

秀才清语

【原文】

尹望山相公，四督江南，诸公子随任未久，多仕于朝。惟似村以秀才故不当差，常侍膝下，诗才清绝。余骈体序中，已备言之。犹记其订余往过云：“清谈相订菊花期，正慰幽怀入梦时。空谷传书鸿屡至，闲庭扫径仆先知。关心尚忆他乡客，因病翻添数首诗。闻道芒鞋将我过，倚阑只恨月圆迟。”《绚春园》云：“莫唤池边贪睡犬，隔林恐有看花人。”乙酉别去，庚子八月，忽奉太夫人就芜湖观察两峰之养，重过随园。见和云：“迎人鸡犬闲如旧，满架琴书卖欲无。”《临别》云：“故人垂老别，归舫任风移。退一步来想，斯游本不期。”似村，名庆兰。

【译文】

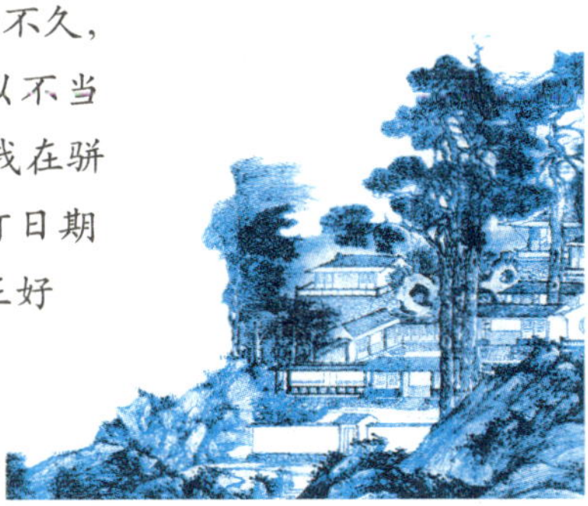

尹望山相公，四次督察江南，诸公子随任不久，便都去朝中做官。只有似村是秀才身份所以不当差，经常陪伴在身边，诗才十分清新绝妙。我在骈体文的序中，已详尽地讲过了。还记得他订日期约我过去说：“相约在菊花开的时候清谈，正好安慰在幽静的时候做梦。空谷传书鸿雁倾刻就到了，打扫庭院等你回来。关心记起在外地的客人，因为有病反而写了好几首诗。听说你要脚穿芒鞋来我处，倚着栏杆只恨月亮圆得太慢了。”《绚春园》说：“不要叫那池边贪睡的狗，隔着林子恐怕有看花的人。”乙酉年别去，庚子年八月，忽然奉太夫人去芜湖观察两峰处养老，重新过随园。见和诗说：“迎人的鸡犬悠闲得和过去一样，满架的琴书都快卖完了。”写《临别》诗说：“故人告老而去，归去的船任风吹。退一步来想，这次出游本来就没有相约。”似村，名庆兰。

俗语出名士

【原文】

世有口头俗句，皆出名士集中。“世乱奴欺主，时衰鬼弄人”，杜荀鹤诗也。“今朝有酒今朝醉，明日无钱明日愁”，罗隐诗也。“一朝权在手，便把令来行”，崔戎《酒筹》诗也。“闭门不管窗前月，分付梅花自主张”，南宋陈随隐自述其先人诗也。“大风吹倒梧桐树，自有旁人说短长”，宋人笑赵师圣欲附范文正公祠堂诗也。“晚饭少吃口，活到九十九”，古乐府也。（见《七修类稿》所引。）“难将一人手，掩得天下目”，曹邺诗也。“易求无价宝，难得有情郎”，女真蕙兰诗也。“一举首登龙虎榜，十年身到凤凰池”，张唐卿诗也。“平生不作皱眉事，世上应无切齿人”，邵康节诗也。“儿孙自有儿孙福，莫与儿孙作马牛”，徐守信诗也。“是非只为多开口，烦恼皆因强出头”。“自家扫去门前雪，莫管他家瓦上霜”，并见《事林广记》。“黄泉无客店，今夜宿谁家”，见唐人逸诗。

【译文】

世上有的口头俗语，大多都出自名士的文集中：“世乱奴欺主，时衰鬼弄人”，这句是杜荀鹤的诗。“今朝有酒今朝醉，明日无钱明日愁”，这是罗隐的诗。“一朝权在手，便把令来行”，这是崔戎的《酒筹》诗。“闭门不管窗前月，分付梅花自主张”，这是南宋陈随隐自己叙述的他先人的诗。“大风吹倒梧桐树，自有旁人说短长”，这是宋人嘲笑赵师圣欲附在范文正公的祠堂上的诗。“晚饭少吃口，活到九十九”，这是古乐府中的诗。（查阅《七修类稿》一书的引序）“难将一人手，掩得天下目”，这是曹邺的诗。“易求无价宝，难得有情郎”，这是女真人惠兰作的诗。“一举首登龙虎榜，十年身到凤凰池”，这是张唐卿的诗。“平生不作皱眉事，世上应无切齿人”，这是邵康节的诗。“儿孙自有儿孙福，莫与儿孙作马牛”，这是徐守信的诗。“是非只为多开口，烦恼皆因强出头”,“自家扫去门前雪，莫管他家瓦上霜”，这两句诗见于《事林广记》。“黄泉无客店，今夜宿谁家”，这是唐人留下的无名诗句。

诗以对仗为工

【原文】

徵士王载扬，吟诗以对仗为工，有句云：“百五正逢寒食节，十千谁醉美人家。”爱余《滕王阁》诗“阿房有焦土，玉楼无故钉”一联。湖州徐阶五先生《赠沈椒园》诗云：“诗派同初白，官情共软红。”以沈乃初白先生外孙故也。王亦爱而时时诵之。徐知予于未遇时，记其《关山月》一首云：“大牙旗卷夕阳残，旋见城边涌玉盘。鼓角无声霜气肃，山河流影镜光寒。白头汉将占星立，红泪胡姬倚马看。净扫烟尘天阙迥，清辉多处是长安。”先生名以升，雍正癸卯翰林，官臬使。

兴化郑板桥作宰山东，与余从未识面，有误传余死者，板桥大哭，以足蹋地。余闻而感焉。后廿年，与余相见于庐雅雨席间。板桥言：“天下虽大，人才屈指不过数人。”余故赠诗云：“闻死误抛千点泪，论才不觉九州宽。”板桥深于时文，工画，诗非所长。佳句云：“月来满地水，云起一天山。”“五更上马披风露，晓月随人出树林。”“奴藏去志神先沮，鹤有饥容羽不修。”皆可诵也。板桥多外宠，尝言欲改律文笞臀为笞背。闻者笑之。

【译文】

徵士王载扬，吟诗的时候认为只有对仗才是工整的，有诗句说：“百五正逢寒食节，十千谁醉美人家。”他十分喜爱我的《滕王阁》诗中的：“阿房有焦土，玉楼无故钉”一联。湖州的徐阶五先生有《赠沈椒园》诗说：“诗派同初白，官情共软红。”这是因为沈椒园是初白先生的外孙。王载扬也十分喜欢不时地朗诵。徐阶五他在我没有得志的时候便十分了解我了，记得他有《关山月》一首说：“大牙旗卷夕阳残，旋见城边涌玉盘。鼓角无声霜气肃，山河流影镜

光寒。白头汉将占星立，红泪胡姬倚马看。净扫烟尘天阙迥，清辉多处是长安。”先生名叫以升，雍正癸卯年时的翰林，做官做到臬使。

兴化郑板桥做山东县令的时候，和我从没见过面。当时有人误传我已经死了，郑板桥大哭，用脚跺地。我听后十分感动。二十年后，和我在卢雅雨席间相见。郑板桥说：“天下虽然大，人才屈指可数。”我因此赠诗说：“闻死误抛千点泪，论才不觉九州宽。”郑板桥深懂时文，精通画画，诗不是他的特长。有好的诗句像：“月来满地水，云起一天山。”“五更上马披风露，晓月随人出树林。”“奴藏去志神先沮，鹤有饥容羽不修。”这些都是可以让人传诵的句子。郑板桥有不少宠爱有加的外妾，曾说过想改律文中打屁股为打脊背。听的人全都笑了。

对客挥毫

【原文】

昔人称王粲精思，不能有加于宿构，故拙速不如巧迟。此言是也。然对客挥毫，文不加点，亦是乐事。余平生所见敏于诗者四人：前辈中，一为宫詹张南华鹏翀，一为学士周兰坡长发；同学中，一为侯夷门嘉缙，一为金进士兆燕；俱可以击钵声终，万言倚马。乙丑，予宰江宁，侯为贰尹，招之小饮，侯即席有“龙蟠虎踞江山助，璧合珠联文字交”之句，惜忘其全篇。后得狂易之疾，死镇江黄太守署中。秦涧泉哭以诗云：“客传京口讣音来，无际愁云望不开。妻子半船归海峤，图书千帙付蒿莱。龙蛇应有前生梦。宇宙谁为旷世才？懊恼人天今划路，新诗定已满泉台。”又曰：“若使九原真及第，胜教五斗恋微官。”

【译文】

过去的人称王粲善于思考，不能在已成的构思上进一步地改善，因此速度快但写得不好，不如虽然慢但却写得巧。这话很对。但是对客人当场挥笔，文不加点，也是一件快乐的事。我平生见写诗敏捷的有四人：前辈中，一个是宫詹张南华字鹏翀，一个是学士周兰坡字长发；同学中，一个是侯嘉缯夷门，一个是金兆燕进士，都可在击钵结束的时候成诗，就是靠近马准备上马的那一刻也能写成万言诗。乙丑年，我做江宁县令时，侯嘉缯为县丞，叫来一起喝酒，侯嘉缯即席赋诗说："龙蟠虎踞江山助，璧合珠联文字交"句子，可惜忘了它的全篇。后来他得了狂易之疾，死在镇江黄太守的官署中。秦涧泉写诗哭他说："客传京口讣音来，无际愁云望不开。妻子半船归海峤，图书千帙付蒿莱。龙蛇应有前生梦。宇宙谁为旷世才？懊恼人天今划路，新诗定已满泉台。"又说："若使九原真及第，胜教五斗恋微宫。"

宴席上的诗作

【原文】

癸酉夏五，周兰坡、潘筠轩两学士同饮随园，见案上有东坡诗，撷之，笑曰："我即用其仇池石韵，序今日事，可乎？"余曰："幸甚。"磨墨申纸，日影未移，诗已毕矣。曰："千章夏木清，一雨洗浓绿。前月游随园，林峦看未足。北牖贪昼眠，人诮边韶腹。云开峰黛妍，水长波纹蹙。窈窕离市廛，疏狂狎樵牧。恐费十千沽。何曾再三渎，榴火吐红蕤，林篁削青玉。老友中州归，陈人案前伏。相约饮无何，联吟日可卜。为爱好轩楹，不辞屡征逐。绝类仲蔚园，恍入子真谷。无酒君须谋，有鱼我所欲。看锄邵圃瓜，敢顾周郎曲。剧喜天已晴，莫讶客不速。"

【译文】

癸酉年夏五月，周兰坡、潘筠轩两位学士和我一起在随园饮酒，见案上有苏东坡的诗，取过来，笑着说："我就用他的仇池石为韵，叙述今天的盛事，可

以吗？”我说：“太好了。”于是磨墨铺纸，日头尚未来得及移动，诗就写好了。说：“千章夏木清，一雨洗浓绿。前月游随园，林峦看未足。北牖贪昼眠，人诮边韶腹。云开峰黛妍，水长波纹蹙。窈窕离市廛，疏狂狎樵牧。恐费十千沽。何曾再三渎，榴火吐红蕤，林篁削青玉。老友中州归，陈人案前伏。相约饮无何，联吟日可卜。为爱好轩楹，不辞屡征逐。绝类仲蔚园，恍入子真谷。无酒君须谋，有鱼我所欲。看锄邵圃瓜，敢顾周郎曲。剧喜天已晴，莫讶客不速。”

栽菊之道

【原文】

江宁高庙僧亮一，工栽菊，能使月月有花。戊辰秋，席武山别驾招余同蒋用庵侍御、姚云岫观察，同往赏花。用庵分得“有”字韵，诗云：“天地之大何不有，造化乃出由僧手。山僧一手种菊花，花高十尺大如斗。四时群卉递凋残，僧寮月月如重九。石头城外普陀庵，相思半载游终负。初冬髯八书相招，盍簪花下中山酒。座客呼僧相愕眙，问讯神方乞谁某。僧云我绝鲜师传，蕴祟只在三时厚。料寒量燠细锄泥，剔移芟芜重缚帚。雪无苦湿晴无干，如期各有神明寿。此言虽小可喻大，士夫身世宜遵守。万物从来栽者培，枯菀纷纷都自取。东风桃李剧芳妍，此时可保秾华否？经得冰霜受得春，毕竟此花能耐久。坐中听者大轩渠，花亦从旁如点首。街鼓催人月到窗，篮舆还带余香走。”

【译文】

江宁高庙有僧人名叫亮一的，善于栽种菊花，他能使月月都有花开。戊辰年秋天，席武山别驾约我和蒋用庵侍御、姚云岫观察使一同去赏花。用庵用

"有"字押韵，他写诗说："天地之大无奇不有，造化都出自山中僧人的手。山僧种出的菊花，最高达十尺，花开如斗。四季许多花都凋谢了，僧人却能让每个月都像九月九一样。石头城外的普陀庵，我半年都想去却一直没有去成。初冬时节有人约我同去，坐在菊花下赏花喝酒。座中有一位客人问僧人，问他是不是有神仙相助。僧人说这都得益于他的师傅，他在别的时节蕴积肥料。等到入秋便细致地锄地耕种，经常拔野草常去扶植花枝。下雨雪不让它被水淹死，天晴也要不让它被太阳晒枯，这样花就会如期地盛开。这话虽是简单却可比喻别的事情，士大夫也应该在日常生活中遵守这些准则。万物成长从来都靠人的栽培，花朵枯萎也是自生自灭的结果。东风吹来时桃李争艳，这时还能不能保持它们的鲜艳？经得住冰霜才能经得过春天，毕竟只有菊花最耐寒。坐中的客人都在认真地听着，旁边的花儿也像是在频频点头。街上鼓声响起，月亮已经升到窗口，走时还要带着花香一起离开。"

咏 指 甲

【原文】

闺秀少工七古者近惟浣青、碧梧两夫人耳。碧梧《咏李香君媚香楼》云："秦淮烟月板桥春，宿粉残脂腻水滨。翠黛红裙竞妆裹，垂杨勾惹看花人。香君生长貌无双，新筑红楼唤媚香。春影乱时花弄月，风帘开处燕归梁。盈盈十五春无主，阿母偏怜小儿女。弄玉虽居引凤台，萧郎未遇吹萧侣。公子侯生求燕好，偷金欲买红儿笑。桃花春水引渔人，门前系住游仙棹。奄党纤儿想纳交，缠头故遣狡童招。那知西子含颦拒，更比东林结社高。楼中刚耀双星色，无奈风波生顷刻。易服悲离阿软行，重房难把台卿匿。天涯从此别情浓，锦字书凭若个通？桐树已曾栖彩凤，绣帏争肯放游蜂？因愁久已抛歌扇，教坊忽报君王选。啼眉拥髻下妆楼，从今风月凭谁管？《柘枝》旧谱唱当筵，部曲新翻《燕子笺》。总为圣情怜腼腆，桃花宫扇赐帘前。天子不知征战苦，风前且击催花鼓。阿监潜传铁锁开，美人犹在琼台舞。银箭声残火尚温，君王匹马出宫门。西陵空自宫人泣，南内谁招帝子魂？最是秦淮古渡头，伤心无复媚香楼。可怜一片清溪水，犹向门前呜邑流。”碧梧即孙云凤，和余《留别》诗者。有妹兰友，名云鹤，亦才女也。咏指甲作《沁园春》云：“云母裁成，春冰碾就，裹住葱尖。忆绿窗人静，兰汤悄试；银屏风细，绛蜡轻弹。爱染仙葩，偶调香粉，点上些儿玳瑁斑。支颐久，有一痕钩影，斜映腮间。摘花清露微粘，剖绣线，双虹挂月边。把霓裳暗拍，代他象板；藕丝自雪，掐个连环。未断先愁，将修更惜，女伴灯前比并看。消魂处，向紫荆花上，故逞纤纤。”

【译文】

闺秀中很少有人致力于写七言古诗的，近代中只有浣青、碧梧两位夫人能写。碧梧写《咏李香君媚香楼》中说：“秦淮的烟花风月，板桥的春风，水面上漂着昨夜卸妆后白的脂粉。披黑发着红裙梳妆打扮，垂杨勾惹着看花的人。香君长得貌美无双，新修的红楼叫媚香。春影乱动时花在月光下摇曳不定，风把帘打开时有燕子飞回梁上的小窝。正是十五岁的好时候还没有定下人家，阿母偏爱这个小儿女。弄玉虽然住在引凤台上，萧郎却没有碰上一起吹箫的伴侣。公子侯生想来求亲，拿钱来买红儿一笑。桃花春水引来捕鱼的人，门前系着游仙的小船。想尽办法去结交，派狡猾的童子送去缠头。谁知西施含笑婉拒了，显得比东林结社的人还要清高。楼中闪着双星的颜色，无奈顷刻间有风波生起。换上衣服因阿软要走而伤心，重房难以把台卿藏起来。天涯相隔从此离别情长，把信写在锦帛上又寄向何处？梧桐树上已经落过彩凤，绣花的帷帐怎能放进蜜蜂？因为忧愁久已抛开歌舞扇，教坊忽报有君王来挑选宫人。皱着眉拥发下了花楼，从此风月之事谁来管。在筵席上当众唱《柘枝》旧谱，谱曲新写了《燕子笺》。因为圣上的

情深意长而显得腼腆，皇上赐予了桃花宫扇。天子不知征战的辛劳，风月场上只会敲催花的鼓。阿监偷偷打开铁锁，美人还在玉琼台上跳舞。银箭的声音已渐渐远去，炉火还有余温，君王骑着马出了宫门。西陵空有宫人在哭泣，南内谁来招回帝王的魂魄？最可怜在秦淮古渡头，伤心不已的是媚香楼。可怜一片清溪水，还独自在门前呜咽流过。”碧梧就是孙云凤，应和作我的《留别》诗的人。她有个妹妹叫兰友，名云鹤，也是才女。咏指甲作《沁园春》说：“用云母剪成，用春冰碾就，裹住像水葱一样的指尖。回想起绿窗人静，悄悄用热水来试；银屏风小，轻轻弹着蜡烛。爱染成美丽的花色，偶尔调一些香粉，点上一些玳瑁斑。撑起下巴时间长了，有一点钩痕，斜映在腮帮间。摘花沾着清清的露水，拆开绣花的双线，彩虹挂在月亮的旁边。把霓裳暗拍，替代象牙板；藕丝自然是雪白的，摇出个连环图案来。没有断的先惆怅，要修剪它更觉可惜，和女伴一块在灯前比着看。令人消魂的是，在紫荆花上，故意显它的纤细。”

咏叹别离苦

【原文】

仁和沈椒园庭芳，查声山学士外孙也。其尊甫麟洲先生，宰文昌，被累，戍宁夏。母查太淑人留居嘉善，不从行。椒园每岁南北省亲，极行路之苦。有诗云：“秋生红豆辞南国，春到青铜赴朔方。”青铜者，宁夏山名。又，“云影有心随望眼，泪痕和线绽征衣。”为厉樊榭孝廉所赏。沈殁后，张少仪有诗哭之，云：“塞上草枯双泪白，瀛州云净一襟清。”“草枯”用裴子野事，盖纪事也。观察尊甫笠亭先生，宰印江，与沈仝戍。观察徒跣万里，号呼求救，卒获安全。呜呼！三君皆与余同举词科，而沈、张两观察，又同举诗社于李玉洲先生家，往来尤狎。今皆先后化去。追思六十年中，升沉聚散，音尘若梦，可为于邑！张母顾恭人若宪，即毕太夫人母也。有《挹翠阁集》。与武林林以宁、顾姒齐名。随宦牂牁，卒于官所。太夫人有《得黔中信》二首，最凄恻，诗云：“黔中驿使到，肠断血沾襟。绝域怀归意，频年忆女心。不曾虚药物，犹为寄华簪。凄绝离亭语，迢遥遂至今。”“官舍千山外，飘飘丹旐悬。望云空白发，绕膝待黄泉。犹有清吟在，应教彤管传。阿兄归日近，负土在明年。”其后，尚书迎养秦关，少仪自滇中解组来署，白头兄妹，唱和终朝。太夫人又作云：“千里迢遥客乍回，相逢岁尽笑眉开。廿年发逐梅花白，一夜春随爆竹来。谁料异乡逢雁序，细谈旧事划炉灰。殷勤传语司更者，漏箭城头莫浪催。”

【译文】

仁和的沈椒园，字庭芳，是查声山学士的外孙。他的父亲麟洲先生，任文昌县令时，受到牵累，被发配到宁夏。母亲查太淑人留居在嘉善，没有跟随而去。椒园每年奔波于南北，探望亲人，行路十分辛苦。他作诗说：“秋生红豆辞南国，春到青铜赴朔方。”“青铜”是宁夏的一座山名。又有诗：“云影有心随望眼，泪痕和线绽征衣。”这诗深受厉樊榭孝廉欣赏。沈死后，张少仪作诗哭悼他道：“塞山草枯双泪白，瀛州云净一襟清。”“草枯”是引用裴子野之事，事纪实情。观察的父亲笠亭先生，就任印江县令，和沈同防卫宁夏。观察跋涉万里，号呼求救，最后获得安全。唉！三君都和我同举荐词科，而沈、张两位观察，又同时在李玉洲先生家举办诗社，两人来往特别密切。如今都先后去世。回想这六十年中，升降浮沉，聚散离合，音容风尘都如一场梦幻，真使人心中闷闷不乐。张观察的母亲顾若宪恭人，即是毕太夫人的母亲，著有《挹翠阁集》。和武林的林以宁、顾姒齐名，随宦官行到牂牁，在官所之中去世。太夫人作有《得黔中信》两首诗，最为凄切感人，诗中说：“黔中驿使到，断肠血沾襟。绝域怀归意，频年忆女心。不曾虚药物，犹为寄华簪。凄绝离亭语，迢遥遂至今。”“官舍千山外，飘飘丹旐悬。望云空白发，绕膝待黄泉。犹有清吟在，应教彤管传。阿兄归日近，负土在明年。”之后，尚书把她接到秦关护养，少仪又从云南辞官来到官署，这一对白发兄妹，终日唱和不已。太夫人又作诗说：“千里迢遥客乍回，相逢岁尽笑眉开。廿年发逐梅花白，一夜春随爆竹来。谁料异乡逢雁序，细谈旧事划炉灰。殷勤传语司更者，漏箭城头莫浪催。”

勤奋尚书

【原文】

吴中诗学，娄东为盛，二百年来，前有凤洲，继有梅村，今继之者，其弇山尚书乎？《过吴祭酒旧邸》诗云："我是娄东吟社客，瓣香私淑不胜情。"其以两公自命可知。然两公仅有文学，而无功勋，则尚书过之远矣。尚书虽拥节钺，勤王事，未尝一日释书不观，手披口诵，刻苦过于诸生。诗编三十二卷，曰《灵岩山人诗集》。"灵岩"者，尚书早岁读书地也。

【译文】

吴中的诗学，以娄东最盛，二百年来，前有凤洲，然后相继有梅村；如今承接下来的，莫不是弇山尚书？他作有《过吴祭酒旧邸》诗，说："我是娄东吟社客，瓣香私淑不胜情。"由此可知其以两公自命。然两公仅有文学才华而没有建功受爵，而尚书则在这一点上远远超过了他们。尚书虽然政事繁碎，辛勤办公，却没有一日不看书，手上披注，口里诵读，比那些儒生秀才还要刻苦得多，著诗有三十二卷，名为《灵岩山人诗集》。"灵岩"是尚书年少之时读书的地方。

题仙人诗

【原文】

槜李顾牧云流寓襄阳，一日独游隆中，凭吊武侯遗迹，避雨临龙冈，见山腰有茅庵，一叟出迎，风貌奇古。正欲与言，则庵侧蹲一猛虎，顾惊且仆。老翁笑曰："子无惧，此虎已归依我作弟子矣。"且曰："知子能诗，盍题数言见赠？"顾辞以目疾。翁取几上芋与食，命瞑坐一刻，开眼，果察秋毫。顾异之，即题石壁云："一衣一钵一军持，云水天涯任所之。莫笑道人无侣伴，新收猛虎作童儿。""偶向山前咒毒龙，风雷欲拔万株松。须臾明月当空起，归到茅檐打晚钟。"翁留宿庵中，临别，曰："明年正月上寅日，吾开丹炉，与子服一粒，体轻成仙，勿忘此嘱。"次年，及期赴约，行未十里，风雪大作，山无行径，又恐老翁不在，猛虎独存，怅怅而返。后十余年，目渐昏，体渐衰，悔从前向道之心不勇。又赋诗云："老堪嗟，驻颜何处觅丹砂？老堪恼，五官虽具无一好。凋零浑似过时花，憔悴不殊霜后草。手频战，头屡颠，行来蹩躄足不前。自憎容貌改，人恶性情偏。吁嗟乎！我今八十已如此，愁煞蓬莱千岁仙。"

【译文】

槜李的顾牧云流落寓居于襄阳，有一天他独自一人游玩隆中，凭吊武侯诸葛孔明的遗迹，在卧龙冈避雨，见山腰有一座茅庵，一位老翁出来迎他，风度相貌奇清古雅。正要和老翁搭话相谈，则看见庵旁卧着一只猛虎，顾牧云惊慌失措，仆倒地上。老翁笑道："不要害怕，这老虎已经皈依我，做我的弟子了。"又说道："知道先生诗作得很好，不知能否题上几行来赠给我呢？"顾牧云因为眼睛有病推辞了。老翁取来几上放的山芋请他食用，命他闭目静坐一会，睁开眼，果然眼睛雪亮，极为敏锐，可察秋毫。顾牧云觉得很诧异，就在石壁上题诗，诗中说："一衣一钵一军持，云水天涯任所之。莫笑道人无侣伴，新收猛虎作童儿。""偶向山前咒毒龙，风雷欲拔万株松。须臾明月当空起，归到茅檐打晚钟。"老翁留他在庵中歇息。第二日顾牧云告辞，临别之时，老翁嘱咐他道："明年正月上寅日，我要打开炼丹炉，给你服用一粒仙丹，便会身体顿轻，可以成仙，不要忘了我这番嘱咐。"第二年，顾按期赴约，走得不到十里，大风夹着雪花纷纷扬扬下个不停，地下厚厚一层的雪，竟掩了山上的路径，又恐怕老翁不在庵中，只留一只猛虎，怅怅返回。后来又过了十几年，眼渐渐昏花起来，身体也日见衰弱，后悔以前问道之心不够坚定，又赋诗道："老堪嗟，驻颜何处觅丹砂？老堪恼，五官虽具无一好。凋零浑似过时花，憔悴不殊霜后草。手频战，头屡颠，行来蹩躄足不前。自憎容貌改，人恶性情偏。吁嗟乎！我今八十已如此，愁煞蓬莱千岁仙。"

情深至挚　誓死不渝

【原文】

予幼时，大母常为予言：大父旦釜公，性豪侠，与沈遹声秀才交好。秀才中表杨大姑，有文君夜奔之事，托先祖为之道地。杨纤足，夜行不能逾沟。先祖助沈，为扶而过之。事发，藏匿余家。大姑纤腰美盼，吐属娴雅。大母亦怜爱之。母家讼于官。太守某恶其越礼，鬻与驻防旗下。大姑佯狂披发，自啖其溺。旗人不能容。沈暗遣人买归，终为夫妇，生一女而亡。后阅《香祖笔记》载此事，称武林女子王倩玉者，盖即杨氏，讳其姓为王也。其寄沈《长相思》一曲云："见时羞，别时愁，百转千回不自由，教奴争罢体！懒梳头，怕凝眸，明月光中上小楼，思君枫叶秋！"

【译文】

我小时，祖母常常对我说：祖父旦釜公，性格豪爽侠义，和沈遹声秀才关系很好。秀才的表亲杨大姑，有和秀才私奔之事，拜托祖父帮忙引到其地。杨小脚，夜间行走不能跨沟，祖父帮着沈遹声将她抱

过沟。事发之后，杨藏避到我家。大姑腰肢纤细，美目流盼，谈吐文雅。祖母也很怜爱她。杨的娘家因为这件事告状。太守讨厌她超越礼仪，将她卖到驻防的旗人军队之中。大姑假装发疯，披头散发，自饮其尿。旗人不能容忍。沈暗中找人将她买回来，终究结为夫妇，生了一个女儿后便死去了。后来我阅读《香祖笔记》中记载有这件事，说武林女子王倩玉，就是杨氏，避讳其姓改为王。她曾寄给沈遹声一首《长相思》为："见时羞，别时愁，百转千回不自由，教奴争罢体！懒梳头，怕凝眸，明月光中上小楼，思君枫叶秋！"

上元灯词

【原文】

秋帆尚书抚陕时，有《上元灯词》十首，庄重高华，是金华殿上语。一时幕中学士文人，俱不能和。为录四章云："碧榭红阑万点明，戟门莲漏转三更。交春便抱祈年意，不听歌声听雨声。""鼓钲殷地走轻雷，宝焰千枝百戏开。瞥见广场波浪直，双龙争挟火珠来。""仙馆明辉丽绛霄，铜驼四角缀琼翘。夜长桦烛添寒焰，春晓终南雪未消。""十年持节驻秦关，梦断蓬瀛供奉班。记得披香频侍宴，红云万朵驾鳌山。"

【译文】

秋帆尚书在陕西任职巡抚之时，著有十首《上元灯词》，语句意境庄重崇高而华丽丰美，是金华殿堂上的诗句。一时间朝中的文人学士们都不能够相和。我摘录了他的四首诗为："碧榭红阑万点明，戟门莲漏转三更。交春便抱祈年意，不听歌声听雨声。""鼓钲殷地走轻雷，宝焰千枝百戏开。瞥见广场波浪直，双龙争挟火珠来。""仙馆明辉丽绛霄，铜驼四角缀琼翘。夜长桦烛添寒焰，春晓终南雪未消。""十年持节驻秦关，梦断蓬瀛供奉班。记得披香频侍宴，红云万朵驾鳌山。"

诗人笔下出美景

【原文】

人人共有之意，共见之景，一经说出，便妙，盛复初《独寐》云："灯尽见窗影，酒醒闻笛声。"符之恒《湖上》云："漏日松阴薄，摇风花影移。"女子张瑶英《偶成》云："短垣延月早，病弃得秋先。"郑玑尺《雪后游吴山》云："人来饥鸟散，日出冻云升。"顾文炜《立夏》云："病骨先愁暑，残花尚恋春。"女子孙云凤《巫峡道中》云："烟瘴寒云起，滩声骤雨来。"沈大成《登净慈寺》云："花气随双屐，湖光纳一窗。"姜四溟《野行》云："桥欹眠折苇，槛倒坐双凫。"

【译文】

人人都有的意思，人人都能看见的景色，一经诗人说出，便十分绝妙。盛复初的《独寐》说："灯尽见窗影，酒醒闻笛声。"符之恒的《湖上》说："漏日松阴薄，摇风花影移。"女子张瑶英写《偶成》说："短垣延月早，病弃得秋先。"郑玑尺写《雪后游吴山》说："人来饥鸟散，日出冻云升。"顾文炜写《立夏》诗说："病骨先愁暑，残花尚恋春。"女子孙云凤的《巫峡道中》说："烟瘴寒云起，滩声骤雨来。"沈大成写《登净慈寺》说："花气随双屐，湖光纳一窗。"姜四溟有《野行》诗说："桥欹眠折苇，槛倒坐双凫。"

咏诗拾趣

【原文】

《咏云》者：吴尺凫焯有句云："芦花摇雪碍船过，云叶随风逐雁飞。"陈心田寅有句云："一雁披霜千树冷，片云移日半山阴。"嫌饭迟者：刘悔庵云："冷早秋衣薄，天阴午饭迟。"顾牧云云："衣轻晓寒逼，薪湿午炊迟。"《咏新仆》者，汪舟次云："见事先人往，应门答语轻。"吴野人云："长者尊难近，新名答尚疑。"四人皆无心之雷同而俱妙。又张哲士《咏老仆》云："旷职身常病，应门语每讹。"亦趣。

【译文】

《咏云》有写得好的，吴尺凫，字焯，他就有这样的诗句："芦花摇雪碍船过，云叶随风逐雁飞。"陈心田，字寅，他也有这样的诗句："一雁披霜千树冷，片云移日半山阴。"嫌饭做迟的诗句有：刘悔奄说："冷早秋衣薄，天阴午饭迟。"

顾牧云说："衣轻晓寒逼，薪湿午炊迟。"《咏新仆》中的诗，汪舟次说："见事先人往，应门答语轻。"吴野人说："长者尊难近，新名答尚疑。"四人无心雷同却写得都十分绝妙。又有张哲士写《咏老仆》中说："旷职身常病，应门语每讹"，也十分有趣。

为人难

【原文】

又有人画《牵车图》，将妻子、奴婢、器具、食物，尽放车中，一枯瘦男子，牵长绳背负而走，空中一鬼，持鞭驱之。亦醒世意也。余题云："人世肩头各一担，梅花驮过杏花残。暗中何必长鞭打，就作神仙懒亦难。"

【译文】

又有人画《牵车图》，将妻子、奴婢、器具、食物尽放于车中，一位枯瘦的男子，牵着长绳拉着走。空中有一个鬼，持鞭驱赶他。这也有醒世人的意思。我为它题诗说："人世肩头各一担，梅花驮过杏花残。暗中何必长鞭打，就作神仙懒亦难。"

难得知己

【原文】

余乙卯科试，考列前茅。其时，在帅学使幕中阅卷者，邵君昂霄也。相遇湖上，有所赠云："韵到梅花清有骨，软于杨柳怯当风。"余有知己之感，故至今通之。

【译文】

我乙卯年参加科试，考个名列前茅。当时，在帅学使幕府中看卷子的，是邵昂霄君。后来和他在湖上相遇，赠诗说："韵到梅花清有骨，软于杨柳怯当风。"我有他是我知己的感觉，因此到现在还记着这句诗。

一字显境界

【原文】

诗改一字，界判人天，非个中人不解。齐己《早梅》云："前村深雪里，昨夜几枝开。"郑谷曰："改'几'为'一'字，方是早梅。"齐乃下拜。某作《御沟》诗曰："此波涵帝泽，无处濯尘缨。"以示皎然。皎然曰："'波'字不佳。"某怒而去。皎然暗书一"中"字在手心待之。须臾，其人狂奔而来，曰："已改'波'字为'中'字矣。"皎然出手心示之，相与大笑。

【译文】

诗改一个字，却有天上人间的区别，这是不会写诗的人所不能理解的。齐己写《早梅》诗说："前村深雪里，昨夜几枝开。"郑谷说："改'几'字为'一'字，才是早梅。"齐于是下拜称谢。有人写《御沟》诗说："此波涵帝泽，无处濯尘缨。"拿它给皎然看，皎然说："'波'字不好。"那人生气地走了。皎然暗暗在手心写一"中"字。不一会儿，那个人又狂奔回来，说："我已把'波'字改为'中'字。"皎然伸出手心让他看，二人相对大笑起来。

一诗感夫妇

【原文】

圣人称诗"可以兴"，以其最易感人也。王孟端友某在都娶妾，而忘其妻。王寄诗云："新花枝胜旧花枝，从此无心念别离。知否秦淮今夜月，有人相对数归期。”其人泣下，即挟妾而归。

【译文】

圣人称诗为“可以兴”，这是因为它最容易感人。王孟端的朋友在京都娶妾，而忘了他的妻子。王孟端寄诗说：“新花枝胜旧花枝，从此无心念别离。知否秦淮今夜月，有人相对数归期。”这个人读后不由得哭了，就带着妾回去了。

母女皆能作诗

【原文】

杭州汪秋御夫人程慰良，《咏秧针》云：“陌旁柳线穿难定，水面罗纹刺不禁。”可谓巧而不纤。又有句云：“事从悟后言皆物，诗到工时心更虚。”真学者之言。有二女，皆能诗。长女婶，和母句云：“松留石下千年药，雨引池中二寸鱼。”次女妽云：“皓日穿窗飞野马，平池贮水数浮鱼。”

【译文】

杭州汪秋御夫人程慰良，写《咏秧针》说：“陌旁柳线穿难定，水面罗纹刺不禁。”可以说写得巧而又不纤弱。又有诗句说：“事从悟后言皆物，诗到工时心更虚。”这真是学者才能说出的话。她有两个女儿，都很能写诗。长女叫婶，和母亲的诗句说：“松留石下千年药，雨引池中二寸鱼。”次女叫妽，写诗说：“皓日穿窗飞野马，平池贮水数浮鱼。”

诗　境

【原文】

漕帅杨清恪公锡绂，德望冠时，而诗才清妙。《夜行》云："好风潜入夜，明月正当头。宇碧兼空阔，舟轻足游泳。微凉双袖薄，小照一萤流。此意凭谁识？前矶有钓钩。"《杨村》云："微云不成雨，片月复宵明。柳处烟无际，河边市有声。飞流缘涨急，气肃为秋清。咫尺杨村近，吾宗有送迎。"《泊北夏口》云："舟维凉雨后，人坐晚灯初。叶湿全低柳，波寒不上鱼。揽衣嫌葛细，得酒爱更余。亦有耽吟客，瑶篇孰起予？"《夕阳》云："一棹秋风里，行行又夕阳。飞还鸦影乱，舞罢柳丝黄。客意衔山急，帆阴卧水凉。何人方独立？觅句向苍茫。"

【译文】

漕帅杨清恪公字锡绂，德高望重，名冠当时，而诗才也十分清新绝妙。作了一首《夜行》说："好风潜入夜，明月正当头。宇碧兼空阔，舟轻足游泳。微凉双袖薄，小照一萤流。此意凭谁识？前矶有钓钩。"《杨村》说："微云不成雨，片月复宵明。柳处烟无际，河边市有声。飞流缘涨急，气肃为秋清。咫尺杨村近，吾宗有送迎。"《泊北夏口》说："舟维凉雨后，人坐晚灯初。叶湿全低柳，波寒不上鱼。揽衣嫌葛细，得酒爱更余。亦有耽吟客，瑶篇孰起予？"《夕阳》说："一棹秋风里，行行又夕阳。飞还鸦影乱，舞罢柳丝黄。客意衔山急，帆阴卧水凉。何人方独立？觅句向苍茫。"

一杯清酒话松风

【原文】

同年成卫宗，宰南安，小婢春桂于后园获石印，文曰："忠孝传家。"成题云："孔龟张鹊难重觏，此石摩挲亦颇宜。愧我平生期许在，尽教世守作良规。”余宰江宁时，聘史茗湄为记室，成识之于署中。后为台湾司马。史馆冯观察家，相见甚欢。秩满将西渡，留别史云：“卅年旧雨各西东，忽漫相逢大海中。自是壮怀同作客，不堪衰鬓已成翁。世情转烛贫交久，物态浮云老眼家。他日故园应聚首，一樽相对话松风。”

【译文】

我的同年进士成卫宗，做南安县宰，小婢春桂在后园得了一块石印，上面写着：“忠孝传家。”成卫宗题诗说：“孔龟张鹊难重觏，此石摩挲亦颇宜。愧我平生期许在，尽教世守作良规。”我做江宁县宰的时候，聘史茗湄为记室，成卫宗在官署中认识了他。后来成做台湾司马。史茗湄在冯观察家里做老师，相见十分欢娱。成任满要西去，留诗给史茗湄说：“卅年旧雨各西东，忽漫相逢大海中。自是壮怀同作客，不堪衰鬓已成翁。世情转烛贫交久，物态浮云老眼家。他日故园应聚首，一樽相对话松风。”

姑母责郭巨

【原文】

姑母嫁沈氏，年三十而寡，守志母家。余幼时，即蒙抚养。凡浣衣盥面，事皆依赖于姑。姑通文史。余读《盘庚》、《大诰》，苦聱牙，姑为同读，以助其声。尝论古人，不喜郭巨，有诗责之云：“孝子虚传郭巨名，承欢不辨重和轻。无端枉杀娇儿命，有食徒伤老母情。伯道沉宗因缚树，乐羊罢相为尝羹。忍心自古遭严谴，天赐黄金事不平。”余集中有《郭巨埋儿论》，年十四时所作，秉姑训也。

【译文】

姑母嫁于沈氏，年纪三十就守寡了，在母亲家守节。我小的时候，就蒙她抚养，凡是洗衣洗脸，都依赖姑母，姑母通晓文史。我读《盘庚》、《大诰》，苦于不懂，姑母和我一起读，以便帮助我。曾经谈论古人，不喜欢郭巨，有诗责备他说："孝子虚传郭巨名，承欢不辨重和轻。无端枉杀娇儿命，有食徒伤老母情。伯道沉宗因缚树，乐羊罢相为尝羹。忍心自古遭严谴，天赐黄金事不平。"我集中有《郭巨埋儿论》，十四岁时写的，完全是接受姑母的教训而写出来的。

一字传神

【原文】

何南园《咏野菊》云："绝无人处偏逢我，不寄篱边独羡君。"写"野"字妙。李琴夫《咏瓶菊》云："未许园林终晚节，不妨风雨到重阳。"写"瓶"字妙。李又有"风定雨丝直"五字亦佳。

【译文】

何南园写《咏野菊》说："绝无人处偏逢我，不寄篱边独羡君。""野"字用得十分绝妙。李琴夫写《咏瓶菊》诗说："未许园林终晚节，不妨风雨到重阳。""瓶"字写得很妙。李琴夫还有"风定雨丝直"的诗句，五字写得特别好。

秦淮竹枝

【原文】

杭州何春巢年少耳聋，而风情独绝。有《秦淮竹枝》云："猩红一点着樱唇，淡抹春山黛色匀。压鬓素馨三百朵，风来香扑隔河人。""远远听来笑语声，板桥西畔泛舟行。寻常一柄芭蕉扇，摇动春葱便有情。""兰桡最是晚来多，万点红灯映碧波。我已三更鸳梦醒，犹闻帘外有笙歌。”“夕阳两岸画楼台，红藕香中一棹回。别有芳心卿不解，扁舟岂为纳凉来？”

【译文】

杭州有一个叫何春巢的少年，虽然耳聋，但风情独绝。他写的《秦淮竹枝》说：“猩红一点着樱唇，淡抹春山黛色匀。压鬓素馨三百朵，风来香扑隔河人。”“远远听来笑语声，板桥西畔泛舟行。寻常一柄芭蕉扇，摇动春葱便有情。”“兰桡最是晚来多，万点红灯映碧波。我已三更鸳梦醒，犹闻帘外有笙歌。”“夕阳两岸画楼台，红藕香中一棹回。别有芳心卿不解，扁舟岂为纳凉来？”

华　阳　行

【原文】

善写风水之险者，吾乡粮道程公光钜有《华阳行》云：“滔滔汩汩长江水，扁舟一叶天涯子。船头船尾白浪高，片云黑处狂风起。舟子喧呼语未终，布帆半曳浪浇篷。桅竿百尺横斜立，欲卧不卧奔涛中。涛涌如山高莫比，青山头落江心里。一倾一仄强撑风，欲上船舷见船底。小儿无知向母啼，大儿解事欲登堤。面面相看心胆折，男号女哭一齐歇。翻身挣立唤邻舟，邻舟早向潮头没。须臾岸回风势顺，回首惊魂才一瞬。电掣雷轰万马驱，举头已到华阳镇。华阳已到惊未平，老妻尚有念佛声。”

【译文】

善于写风水险情的，我老家的粮道程光钜有《华阳行》说：“滔滔汩汩长江水，扁舟一叶天涯子。船头船尾白浪高，片云黑处狂风起。舟子喧呼语未终，布帆半曳浪浇篷。桅竿百尺横斜立，欲卧不卧奔涛中。涛涌如山高莫比，青山头落江心里。一倾一仄强撑风，欲上船舷见船底。小儿无知向母啼，大儿解事欲登堤。面面相看心胆折，男号女哭一齐歇。翻身挣立唤邻舟，邻舟早向潮头没。须臾岸回风势顺，回首惊魂才一瞬。电掣雷轰万马驱，举头已到华阳镇。华阳已到惊未平，老妻尚有念佛声。”

慧眼识诗

【原文】

戊寅二月，过僧寺，见壁上小幅诗云：“花下人归喧女儿，老妻买酒索题诗。为言昨日花才放，又比去年多几枝。夜里香光如更好，晓来风雨可能支？巾车归若先三日，饱看还从欲吐时。”诗尾但书“与内子看牡丹”，不书名姓。或笑其浅率。余曰：“一片性灵，恐是名手。”乃录稿问人，无知者。后二年，王孟亭太守来看牡丹，谈及此诗，方知是国初逸老顾与治所作。余自负赏识之不误。王因云：“国初前辈，不登仕途，与老妻相对，往往有此清妙之作。”因诵吴野人《寿内》云：“潦倒丘园二十秋，亲炊葵藿慰余愁。绝无暇日临青镜，频过荒年到白头。海气荒凉门有燕，溪光摇荡屋如舟。不能沽酒持相祝，依旧归来向尔谋。”觉风趣更出顾诗之上。

【译文】

戊寅二月，我经过一座寺庙，看见墙壁上题着一幅诗：“花下人归喧女儿，老妻买酒索题诗。为言昨日花才放，又比去年多几枝。夜里香光如更好，晓来风雨可能支？巾车归若先三日，饱看还从欲吐时。”诗句末尾只写“和妻子观赏牡丹”，没有写姓名。有人嘲笑这首诗浅显草率。我说：“诗中充满性情灵气，恐怕是大家手笔。”于是就抄录下来，四处打听作者，无人知晓。过了二年，太守王孟亭来观看牡丹，谈起了这首诗，才知道原来是刚开国时避世隐居的顾与治老者所作。我因为对这首诗的赏识没有错误而得意。王孟亭于是说道：“开国之初前辈诗人，不愿走仕途，而愿与妻儿相伴厮守，往往能创作出这样清妙的佳作。”他又背诵了吴野人的《寿内》诗：“潦倒丘园二十秋，亲炊葵藿慰余愁。绝无暇日临青镜，频过荒年到白头。海气荒凉门有燕，溪光摇荡屋如舟。不能沽酒持相祝，依旧归来向尔谋。”我觉得这首诗的风趣要比顾与治的诗还要胜出一筹。

趣雅风俗

【原文】

温州风俗：新婚有坐筵之礼。余久闻其说。壬寅四月，到永嘉。次日，有王氏娶妇，余往观焉。新妇南面坐，旁设四席，珠翠照耀，分已嫁、未嫁为东、西班。重门洞开，虽素不识面者，听入平视，了无嫌猜。心羡其美，则直前劝酒。女亦答礼。饮毕，回敬来客。其时，向西坐第三位者，貌最佳。余不能饮，不敢前。霞裳欣然揖而爵焉。女起立侠拜，饮毕，斟酒回敬霞裳，一时忘却，将酒自饮。傧相呼曰：“此敬客酒也！”女大惭，嫣然而笑，即手授霞裳。霞裳得沾美人余沥以为荣。大抵所筵，皆乡城粲者，不美不请，请亦不肯来也。太守郑公以为非礼，将出示禁之。余曰：“礼从宜，事从俗，此亦亡于礼者之礼也。”乃赋《竹枝词》六章，有句云：“不是月宫无界限，嫦娥原许万人看。”太守笑曰：“且留此陋俗，作先生诗料可也。”诗载集中。

【译文】

温州有一个民间习俗：新婚之人有端坐于筵席上的礼节，我老早就听说过。壬寅四月，我来到永嘉。第二天，有一个姓王的娶妻，我去看。新媳妇面向南而坐，旁边设下四个席位，都是珠翠满头光彩照人的女子，分为已嫁和未嫁坐在东西两面。一道道的门打开了，即便是从不相识的人，也允许进入观看新娘，没有丝毫避嫌猜疑之心。客人如果羡慕她们的美貌，就可以上前劝酒。该女子也会回礼。她喝完酒后，便回敬来客。当时，面向西坐在第三个位子上的女子相貌最美丽。我酒量不行，不敢上前劝酒。霞裳却欣然上前，深施一礼，将杯中酒一饮而尽。那女子赶快站起还礼，自饮

一杯酒后，满斟一杯酒回敬给霞裳，不想她一时忘情，自己喝下了。傧相赶快大呼道：“这是敬给客人的酒！”那女子很是惭愧，嫣然一笑，忙把杯子交给霞裳。霞裳因为得以一沾美人杯中残酒感到荣幸。主人所请来的女子，大都是城乡中漂亮的，不漂亮的便不去请，请也请不来。郑太守认为这种习俗有违礼仪，想要颁布告示严禁。我说：“礼仪要合乎时宜，办事要按照风俗，这便是消亡在礼仪中的礼仪。”于是，我便作了《竹枝词》六章，里面有一句是：“不是月宫无界限，嫦娥原许万人看。”太守笑着说：“那就暂且留下这个陋俗，作为先生诗文的素材吧。”这几句诗收集在集子里。

不得志者诗

【原文】

乌程凌云，字香坪，少有《吴门纪事诗》，极酒场花径之乐。晚年就馆李参戎家，郁郁不得志而卒。《胥门感旧》云：“金阊曾度五清明，选胜携朋取次行。杨柳堤边调细马，杏花村里听娇莺。春风久负青山药，旧雨难寻白鹭盟。今日胥江重舣棹，斜阳芳草不胜情。”《过分水龙王庙》云：“汶河西注水汪洋，南北中分界两行。从此空弹游子泪，随波流不到家乡。”他如“雨积山多瀑，烟收树满村”。“鱼跳惊烛影，鸡唱乱拿音”。俱有风味。

【译文】

乌程人凌云，字香坪，年少时有《吴门纪事诗》，把酒场花径中的乐趣描述得惟妙惟肖。晚年他在一位李姓参戎的家中做教师，郁郁寡欢，不得志而死。他的《胥门感旧》诗中说：“金阊曾度五清明，选胜携朋取次行。杨柳堤边调细马，杏花村里听娇莺。春风久负青山药，旧雨难寻白鹭盟。今日胥江重舣棹，斜阳芳草不胜情。”《过分水龙王庙》诗中说：“汶河西注水汪洋，南北中分界两行。从此空弹游子泪，随波流不到家乡。”他的诗句还有：

"雨积山多瀑，烟收树满村。""鱼跳惊烛影，鸡唱乱拿音。"这些都是很有风味的诗句。

貌短小诗犹佳

【原文】

徐绪，字徵园，苏州人，貌短小，为李守备炯记室，终日以酒一壶、杜诗一卷自娱，此外不知有人间事。余题其小像云："吴市布衣大，杜陵诗骨尊。"卒贫死。诗稿散失。余录其《雨阻胥江》云："击柝严城闭，相依再宿舟。一天惟是雨，六月竟如秋。渐觉江湖满，能无稼穑忧？萍踪怜乞食，华发早盈头。"《移居》云："剥啄衡门启，时过话老农。却欣环泮水，不厌托萍踪。对酒东邻树，催诗南寺钟。隔城山色好，落日见芙蓉。"《归舟至盘溪》云："漂泊仍长铗，归来买钓艖。顺流风势缓，近岸雨声多。小鸟冲烟起，低桥拨棹过。家人应识我，篷底远闻歌。"《盆菊》云："束瓦为花盎，无须金屋藏。带霜移牖下，就日列阶旁。种细开尤晚，名多记辄忘。到残应匝月，不限举壶觞。"《寒檐》云："寒檐短景如风驰，迢迢长夜占八时。弱女刺绣补不足，一灯豆大燃残脂。呼儿剧论千古事，老妻来聒明朝炊。掩耳疾走且相避，隔屋吾弟能吟诗。不图转落乃嫂笑，小郎亦有儿啼饥。"《西邻哭》云："夜闻西邻哭，哭声一何悲。云是母哭儿，声声哭入老夫耳。老夫亦有丈夫子，同日辞家分路死。死弗及见哭凭棺，三月到今泪未干，伤心有口那能言！君不见，乌生八九子，一一飞上青林端。"《新竹》云："森森碧玉已成行，一雨长梢尽过墙。微露粉痕初解箨，疑君已带九月霜。"

【译文】

徐绪字徽园，是苏州人，身材矮小，是守备李炯的幕僚。每天以一壶酒、一卷杜少陵的诗聊以自乐。除了这以外，不问世事。我在他的一幅画像下题诗："吴市布衣大，杜陵诗骨尊。"最终徐绪贫困潦倒而去世。他的诗稿已经散失。我抄录了他的《雨阻胥江》一诗，诗里写道："击柝严城闭，相依再宿舟。一天惟是雨，六月竟如秋。渐觉江湖满，能无稼穑忧？萍踪怜乞食，华发早盈头。"《移居》诗中说："剥啄衡门启，时过话老农。却欣环泮水，不厌托萍踪。对酒东邻树，催诗南寺钟。隔城山色好，落日见芙蓉。"《归舟至盘溪》诗中说："漂泊仍长铗，归来买钓艖。顺流风势缓，近岸雨声多。小鸟冲烟起，低桥拨棹过。家人应识我，篷底远闻歌。"《盆菊》诗中说："束瓦为花盎，无须金屋藏。带霜移牖下，就日列阶旁。种细开尤晚，名多记辄忘。到残应匝月，不限举壶觞。"《寒檐》诗中说："寒檐短景如风驰，迢迢长夜占八时。弱女刺绣补不足，一灯豆大燃残脂。呼儿剧论千古事，老妻来聒明朝炊。掩耳疾走且相避，隔屋吾弟能吟诗。不图转落乃嫂笑，小郎亦有儿啼饥。"《西邻哭》中说："夜闻西邻哭，哭声一何悲。云是母哭儿，声声哭入老夫耳。老夫亦有丈夫子，同日辞家分路死。死弗及见哭凭棺，三月到今泪未干，伤心有口那能言！君不见，乌生八九子，一一飞上青林端。"《新竹》诗里写道："森森碧玉已成行，一雨长梢尽过墙。微露粉痕初解箨，疑君已带九月霜。"

多种解释

【原文】

《古乐府》："碧玉破瓜时。"或解以为月事初来，如瓜破则见红潮者，非也。盖将瓜纵横破之，成二"八"字，作十六岁解也。段成式诗："犹怜最小分瓜日。"李群玉诗："碧玉初分瓜字年。"此其证矣。又诗中用"所由"者，盖本《南史·沈炯传》。文帝留炯曰："当敕所由，相迎尊累。"一解以为州县官，一解以为里保。又，和凝诗："蝤蛴领上诃梨子。"人多不解。朱竹垞曰："诃梨，妇女之云肩也。"吕种玉《言鲭》云："禄山爪伤杨妃乳，乃为金诃予以掩之。或云即今之抹胸。"

【译文】

《古乐府》中有一句诗写道："碧玉破瓜时。"有的人把它解释为女人月经初潮，就像西瓜破开后就见到了红色的瓜瓤，这一说法其实不然。我想大概是指把西瓜横竖切开，成两个"八"字形，解作十六岁的意思。段成式在诗中说："犹怜最小分瓜日。"李群玉在诗中说："碧玉初分瓜字年。"这些都是证据。另外诗里所用的"所由"一词，大概是缘自《南史·沈炯传》。文帝挽留沈炯说："当敕所由，相迎尊累。"一种解释是指州官县官，另一种解释是指乡村的村长乡长。另外，和凝在诗中说："蝤蛴领上诃梨子。"人们多数不理解"诃梨子"的意思。朱竹垞说："诃梨，是妇女们经常戴的披肩。"吕种玉在《言鲭》中说："禄山爪伤杨妃乳，乃为金诃子以掩之。有的人说：'诃子'就是如今所说的抹胸。"

空　青　草

【原文】

相传世有空青，人无瞽目。其真者，余未之见也。惟南兰张天池家藏一颗石巅，趾仅寸许，面带波痕，光采空灵，中伏一兔。兔腹下藏银母浆，摇荡有声。据云：其先人得自海上，传家已三世矣。同年储梅夫太史题七古云："白云缥渺太素含，波光隐现细浪甓。入水能教霞采生，舟行怕有馋龙逐。"（《博物志》：龙嗜空青燕肉。）

【译文】

相传世上生有空青这种治眼仙草，于是没有盲人了。但空青的真实模样，我从未见过。只有南兰人张天池家中珍藏了一颗石巅，脚趾仅有一寸多长，面部带着波浪的痕迹，光彩照人，灵活而不可捉摸，当中趴伏着一只兔子。兔子的肚子下面藏着银母浆，摇晃起来还有声响。据说：他的先祖是从海上得到的这颗石巅，已经相传了三代。和我同年考中进士的太史储梅夫特地题写了一首七言古体诗："白云缥渺太素含，波光隐现细浪麐。入水能教霞采生，舟行怕有馋龙逐。"(《博物志》：龙嗜空青燕肉。)

三揖学艺

【原文】

蒋戟门观察招饮，珍馐罗列，忽问余："曾吃我手制豆腐乎？"曰："未也。"公即着犊鼻裙，亲赴厨下。良久，擎出，果一切盘餐尽废。因求公赐烹饪法。公命向上三揖，如其言，始口授方。归家试作，宾客咸夸。毛俟园广文调余云："珍味群推郇令庖，黎祈尤似易牙调。谁知解组陶元亮，为此曾经三折腰。"

【译文】

一个叫蒋戟门的道台请我去饮酒，酒席上摆满了珍馐美馔，他忽然问我："你可曾吃过我亲手做的豆腐吗？"我回答说："没有。"他立即穿上围裙，亲自到厨房烹饪。等了很长时间，他端出一盘豆腐，果然我们都不再想吃其他菜。我于是向蒋戟门求教烹饪豆腐的方法。他让我向上拱手行了三礼，才说出了烹饪方法。我回家后试着做，宾客们交口赞扬。广文毛俟园向我开玩笑地作了一首诗："珍味群推郇令庖，黎祈尤似易牙调。谁知解组陶元亮，为此曾经三折腰。"

人各有趣

【原文】

唐太宗云："泥龙竹马，儿童之乐也；翠羽明珠，妇女之乐也。"余亦云："急流勇退，后起有人，士大夫之乐也。"今之人，惟扬州秦西岩先生以观察致仕，子又继入翰林，宜其诗之自然骀宕也。《南庄题壁》云："郭绕村烟水绕堤，数椽屋可托卑栖。百年老树留花坞，二顷荒田杂菜畦。庾信小园枝下上，王珣别墅涧东西。谁云巢许买山隐，家在城南认旧溪。”“策杖登楼眼界宽，邗沟一水迅奔湍。天边漕运梯云上，江外山光带雾看。南北塔高双鹄立，东西桥锁九龙蟠。往来多少风帆急，孤棹何如斗室安？”

【译文】

唐太宗说过：“捏泥龙骑竹马，是儿童们喜欢做的事情；身穿青绿色的羽衣头戴明珠，是妇女们的乐趣。”我也曾说过：“急流勇退，有后人继承，这是读书做官的人的乐趣。”生活在现实世界的人们，只有扬州的秦西岩先生以道台的身份辞官退隐，他儿子继承了他的事业进入了翰林院，因此他的诗自然而又柔和且合乎情理。他的《南庄题壁》诗中说：“郭绕村烟水绕堤，数椽屋可托卑栖。百年老树留花坞，二顷荒田杂菜畦。庾信小园枝下上，王珣别墅涧东西。谁云巢许买山隐，家在城南认旧溪。”“策杖登楼眼界宽，邗沟一水迅奔湍。天边漕运梯云上，江外山光带雾看。南北塔高双鹄立，东西桥锁九龙蟠。往来多少风帆急，孤棹何如斗室安？”

编 辑 七 病

【原文】

选家选近人之诗，有七病焉；其借此射利通声气者，无论矣。凡人全集，各有精神，必通观之，方可定去取。倘捃摭一二，并非其人应选之诗，管窥蠡测：一病也。《三百篇》中，贞淫正变，无所不包。今就一人见解之小，而欲该群才之大，于各家门户源流，并未探讨，以己履为式，而削他人之足以就之：二病也。分唐界宋，抱杜尊韩，附会大家门面，而不能判别真伪，采撷精华：三病也。动称纲常名教，箴刺褒讥，以为非有关系者不录；不知赠芍采兰，有何关系，而圣人不删。宋儒责蔡文姬不应登《列女传》；然则《十七史》列传，尽皆龙逢、比干乎？学究条规，令人欲呕：四病也。贪选部头之大，以为每省每郡，必选数人，遂至勉强搜寻，从宽滥录：五病也。或其人才力与作者相隔甚远，而妄为改窜，遂至点金成铁：六病也。徇一己之交情，听他人之求请：七病也。末一条，余作《诗话》，余不能免。

【译文】

编选家在编选近期诗人作品的时候，通常犯有七个毛病；但不包括那些想借此赚钱扬名的人。一般来说，诗人的全集，各有各人的神韵特色，必须要通读纵览，才能对诗进行取舍；倘若从该诗人全集中选取的几首诗，并不是他应该被选入的代表诗作，这就如同从竹管里看天、用瓢来量海水一样，是眼光短浅的错误：这便是第一个毛病。《诗经》的三百多首诗歌中，守节与放任、正道与变通，各种类型都有；如今就凭借一个人的粗浅见解，去审评那众多才子的博深才华，对于名家门派的源流演变，也没有加以探讨，只好用自己固有的眼光模式去硬套他人的作品，就像把自己的鞋子作为样本，而要去削砍别人的脚来适合它一样：这就是第二个毛病。把唐诗、宋诗截然分开，推崇杜甫或是尊重韩愈，把一些并没有联系的诗说成是出自大家之手笔，却不能判别它们的真伪，从中采摘出精华之作：这是第三个毛病。动不动就以纲常伦理为准则，对一些诗人的或劝戒、或褒扬、或讽刺的诗作，认为不是和纲常名教有关的诗便不能选录；却不懂得那些描写采花赠花的情诗，又和纲常名教有什么关系？而古代的圣人们对这种情况也是不加删除的。宋代的儒生指责不应该把蔡文姬列入《列女传》；但在《十七史》的列传中，哪能全都是像关龙逢、比干那样的忠烈之臣呢？这些学究一味地循规蹈矩，这是很令人恶心的：这就是第四个毛病。贪图编辑出大部头的诗集，认为全国每个省每个郡的诗人都必须选入几个人，于是到了勉强搜罗的地步，放宽了收录的条件，选择太滥：这是第五个毛病。有的编

辑人的才能远远差于诗的作者，却胡乱地修改原诗，以致于点金成铁，把一首好诗变成了坏诗：这是第六个毛病。为了自己的交情而徇私，听从了他人的请求：这是第七个毛病。这最后一个毛病，我在写《随园诗话》时，也没有能够避免。

谣和乐

【原文】

《魏书·礼志》曰："徒歌曰谣，徒吹曰和，比音而乐之及干戚羽毛谓之乐。"然则素琴以示终，笙歌以告哀，不可谓之乐也。宋王黼传，遭钦圣之丧，犹召乐妓，舞而不歌，号曰"哑乐"。余故题息夫人庙有"萧鼓还须哑乐迎"之句。

【译文】

《魏书·礼志》中说："没有乐器伴奏，只是歌唱叫作谣；仅仅吹奏乐器而不唱歌叫作和，唱歌并用乐器伴奏，以至于手执鸟羽和牦牛尾装饰的旗杆与盾牌大斧跳舞就叫作乐。"那么用悲哀的琴声来表示有人逝世，用吹笙来宣布丧事，是不可以称为乐的。宋朝的王黼传遇到宋钦宗的丧事时，还召来乐手和舞妓，只是跳舞并没有唱歌，这被称之为"哑乐"。因此，我在题息夫人庙中有"萧鼓还须哑乐迎"的诗句。

"花旦"考

【原文】

今人称伶人女妆者为"花旦"，误也。黄雪槎《青楼集》曰："凡妓以墨点面者号花旦。"盖是女妓之名，非今之伶人也。《盐铁论》有"胡虫奇姐"之语。方密之以"奇姐"为小旦。余按：《汉郊祀志》："乐人有饰女妓者。”此乃今之小旦、花旦。“奇妲”二字，亦未必作小旦解。

【译文】

现在的人把戏曲艺人中扮女装的称为“花旦”，这是错误的。黄雪槎在《青楼集》中说：“只要是妓女用墨来点面就称为花旦。”花旦大概是善歌舞的女妓的名称，而不是现在对戏曲艺人的称呼。《盐铁论》中有“胡虫奇妲”的句子。方密之把“奇妲”理解为小旦。我考据：《汉书·郊祀志》中记载：“乐人中有饰女妓的。”这就是如今的小旦、花旦。“奇妲”二字，也不一定非要解释为小旦。

贵在考证

【原文】

诗赋为文人兴到之作，不可为典要。上林不产卢橘，而相如赋有之。甘泉不产玉树，而扬雄赋有之。简文《雁门太守行》而云：“日逐康居与月氏。”萧子晖《陇头水》而云：“北注黄河，东流白马。”皆非题中所有之地。苏武诗，有“俯看江汉流”之句。其时武在长安，安得有江汉？《尔雅》：“山有穴为岫。”谢玄晖诗：“窗中列远岫。”徐浩文：“孤岫龟形。”皆误指为山峦。刘琨《答卢谌》诗：“宣尼悲获麟，西狩涕孔丘。”宣尼即孔丘也。谢朓《秋怀》诗：“虽好相如色，不同长卿慢。”长卿即相如也。《康乐》：“扬帆采石华，挂席拾海月。”“扬帆”即“挂席”也。孟浩然：“竹间残照入，池上夕阳微。”“夕阳”即“残照”也。使后人为之，必有“关门闭户掩柴扉”之诮矣。杜少陵《寄贾司马》诗：“诸生老伏虔。”东汉服虔并不老。所云伏虔者，伏生也；伏生不名虔。《示獠奴阿奴》云：“曾惊陶侃胡奴异。”胡奴，侃之子，非奴仆也。“不闻夏殷兴，中自诛褒妲。”

褒、妲是殷、周人，与夏无干。

杜诗："乘槎消息近，无处问张骞。"此即世俗所传张骞乘槎事也。然宋之问诗云："还将织女支机石，重访成都卖卜人。"是明用《荆楚岁时记》织女教问严君平事。独不知君平为王莽时人，张骞乃武帝时人，相去远矣！

汪韩门云："《檀弓》：'齐庄公袭杞。杞梁死焉。其妻迎其柩于路而哭之哀。'《孟子》：'杞梁妻善哭其夫，而变国俗。'《左传》但言杞妻辞齐侯之吊，而不言哭。《檀弓》、《孟子》虽言哭，未言崩城事也。《说苑·立节篇》云：'其妻闻夫亡而哭，城为之阤。'《列女传》云：'枕其夫之尸于城下，哭十日而城崩。'亦未言长城也。长城筑于齐威王时，去庄公百有余年；而齐之长城，又非秦始皇所筑长城。唐释贯休乃为诗曰：'秦人筑土一万里，杞梁贞妇啼呜呜。'则竟以杞梁为秦时筑城之人，而其妻所哭崩，乃即秦之长城矣。"

俗传梁灏八十登科，有"龙头属老成"七言诗一首。《黄氏日抄》、《朝野杂记》俱驳正之，以为灏中状元时，年才二十六耳。余按：《宋史》灏本传：雍熙二年举进士，赐进士甲科，解褐，大名府观察推官。景德元年卒，年九十二。雍熙至景德相隔只十余年，而灏寿已九十二；则八十登科之说，未为无因。

【译文】

诗词赋文是文人在兴致正高时所写的，不可把它们作为引经据典的来源。上林这个地方不出产卢橘，但司马相如却在赋中说它出产。甘泉并不出产玉树，但扬雄却在赋中说它出产。简文在《雁门太守行》诗中说道："日逐康居与月氏。"萧子晖在《陇头水》这首诗中说："北注黄河，东流白马。"这些地名都不是诗的题目中所说的地方。苏武的诗中有"俯看江汉流"的句子。当时苏武正在长安，又怎能看到长江和汉水？《尔雅》中说："山有穴为岫。"谢玄晖在诗中说："窗中列远岫。"徐浩在诗文中说："孤岫龟形。"这些都是把"岫"误说成了山峦。刘琨在《答卢谌》的诗中说："宣尼悲获麟，西狩涕孔丘。"文中的宣尼就是指孔子。谢朓在《秋怀》诗中说："虽好相如色，不同长卿慢。"文中的长卿就是司马相如。《康乐》中说："扬帆采石华，挂席拾海月。""扬帆"和"挂席"是同一个意思。孟浩然写道："竹间残照入，池上夕阳微。""夕阳"就是"残照"。若是让后人也使用这种方式，必然会遭

受到"关闭门户掩上柴扉"之类的讥讽。杜甫在《寄贾司马》诗中说："诸生老伏虔。"东汉的服虔并不老。诗中所说的伏虔，是指伏生；但是伏生并不是名叫虔。《示僚奴阿奴》诗中说："曾经陶侃胡奴异。"胡奴是陶侃的儿子，而不是他的奴仆。"不闻夏殷兴，中自诛褒妲。"褒姒、妲己是周朝和商朝的人，和夏朝一点儿关系都没有。

杜甫的诗中说："乘槎消息近，无处问张骞。"这所说的就是世俗传说中的张骞乘木筏到天河的故事。但是宋之问的诗中说："还将织女支机石，重访成都卖卜人。"这里很明显是引用了《荆楚岁时记》中记载的织女让乘木筏到天河的人回去问严君平的故事。却不知严君平是王莽时代的人，张骞是汉武帝时代的人，两个人在时间上相差太远！

汪韩门说："《檀弓》上记载：'齐庄公派军队袭击杞国。杞梁战死。他的妻子在路旁迎接他的棺材，哭得很伤心。'《孟子》中写道：'杞梁的妻子为她丈夫的死而悲伤哭泣，但却改变了一国的风俗。'《左传》中只说杞梁的妻子拒绝齐侯的吊丧，却没有说悲伤地哭泣这件事。《檀弓》、《孟子》虽然说起了她的哭泣，却没有说城墙崩塌的事。《说苑·立节篇》中说：'他的妻子听到他已死的消息就大哭起来，连城墙都被哭倒了。'《烈女传》中说：'在城下她枕着丈夫的尸体，大哭了十天把城墙给哭倒了。'不过也没有提到长城。战国时的齐长城是在齐威王时修造的，与齐庄公相隔了一百多年；而且齐国的长城又不是秦始皇筑建的长城。唐朝的释贯休却为此写诗说：'秦人筑土一万里，杞梁贞妇啼呜呜。'而且还以为杞梁是秦朝时修筑长城的人，而且他的妻子当时所哭倒的，就是秦朝的长城。"

俗传梁灏八十岁时才考中科举第一名，作有"龙头属老成"的七言诗一首。《黄氏日抄》、《朝野杂记》都对此进行反驳修正，认为梁灏中状元时，年纪才有二十六岁。我下按语：《宋史》梁灏传中记载：梁灏在雍熙二年才考中进士，被赏赐进士甲科出身，脱下了平民的褐衣，出任大名府观察推官。梁灏在景德元年死去，死时年龄是九十二岁。从雍熙年到景德年只差十多年，但梁灏却已有九十二岁高寿；那么关于他八十岁中状元的说法，并非没根据的。

幽清之诗

【原文】

曹震亭与史梧冈潜心仙佛，好为幽冷之诗。曹云："肃肃秋干风，萧旷野无已。桥孤朽柱摇，落日动野水。"史云："一峰两峰阴，三更五更雨。冷月破云来，白衣坐幽女。"皆阴气袭人。曹又有句云："秋阴连朔望，黯黯白云平。似听前村里，呼鸡有妇声。"此首便冷而不阴。

【译文】

曹震亭和史梧冈潜心钻研仙佛之道，喜好写些幽深清冷的诗句。曹震亭的诗中说道："肃肃秋干风，萧旷野无已。桥孤朽柱摇，落日动野水。"史梧冈在诗中说："一峰两峰阴，三更五更雨。冷月破云来，白衣坐幽女。"诗中都有阴森森的气氛。曹震亭还有一首诗："秋阴连朔望，黯黯白云平。似听前村里，呼鸡有妇声。"这首诗便只有些清冷但不让人有阴森之感。

以讹传讹

【原文】

世传苏小妹之说。按《墨庄漫录》云："延安夫人苏氏，有词行世，或以为东坡女弟适柳子玉者所作。"《菊坡丛话》云："老苏之女幼而好学，嫁其母兄程濬之子之才先生。作诗曰：'汝母之兄汝伯舅，求以厥子来结姻。乡人婚嫁重母族，虽我不肯将安云。'"考二书所言，东坡止有二妹：一适柳，一适程也。今俗传为秦少游之妻，误矣！或云："今所传苏小妹之诗句对语，见宋林坤《诚斋杂记》，原属不根之论，犹之世传甘罗为秦相。”按《国策》：“甘罗年十二，为少庶子，请张卿相燕。又事吕不韦，以说赵功，封上卿。”并无为秦相之说。然《仪礼疏》亦云：“甘罗十二相秦。”则以讹传讹久矣。

【译文】

社会上流传着苏小妹的传说。按照《墨庄漫录》说：“延安夫人苏氏，有诗词流传在社会上，有人认为是嫁给柳子玉的苏东坡的妹妹所写。”《菊坡丛话》中说：“苏老泉的女儿年龄幼小但好学，嫁给了她的舅舅程濬的儿子程之才先生。并写了一首诗说：‘汝母之兄汝伯舅，求以厥子来结姻。乡人婚嫁重母族，虽我不肯将安云。’”考证以上二书所记载的内容，苏东坡只有两个妹妹：一个嫁给了柳子玉，一个嫁给了程之才。现在流传是秦少游的夫人，真是大错特错了！ 有人说：“现在所传世的苏小妹的诗句对联，参考宋林坤的《诚斋杂记》，原本是毫无根据的言论。就好比世上所流传的甘罗曾为秦国宰相的故事一样，属于讹传。”根据《国策》上记载：“甘罗十二岁做了少庶子的职位，邀请张卿到燕国任宰相。后来又侍奉吕不韦，由于劝说赵国的功劳，被封为上卿。”但并没有说他是秦国的相国。但是《仪礼疏》中也说：“甘罗十二岁时在秦国做宰相。”由此可见这种以讹传讹的现象由来已久了。

士大夫记

【原文】

明季士大夫，学问空疏，见解迂浅，而好名特甚。今所传三大案，惟“移宫”略有关系。然拥护天启，童昏瞀乱，遂致亡国，殊觉无谓。杨慎《大礼》一议，本朝毛西河、程绵庄两先生引经据古，驳之甚详。“梃击”一事，则汉、晋《五行志》中，此类狂人，不一而足。焉有一妄男子，白日持棍，便可打杀一太子之理？蕲州顾黄公诗云：“天伦关至性，张桂未全非。”又曰：“深文论宫闱，习气恼书生。”议论深得大体。黄公与杜茶村齐名，而今人知有茶村不知有黄公。因《白茅堂诗集》贪多，稍近于杂，阅者寥寥；然较《变雅堂集》，已高倍蓰矣。

黄蒙圣祖召见，宠问优渥。以老病乞归。再举鸿词，亦不赴试，有杨铁崖白衣宣至白衣还之风。《忆内》云："静夜停金剪，含情对玉釭。数声风起处，花雨上纱窗。"《观姬人睡》云："玉腕明香簟，罗帷奈汝何。不知梦何事，微笑启腮窝。"风韵独绝。余尝见小儿睡中，往往启颜而笑，讶其不知缘何事而喜。今读先生诗，方知眼前事，总被才人说过也。

【译文】

明代的士大夫们，没有才学，见解迂腐浅陋，但却特别喜欢沽名钓誉。当今所流传的三大案：唯独"移宫"案和他们略有关系，但他们拥护天启皇帝，像孩童一样昏乱地执政，因此导致了亡国，让人觉得很是遗憾可惜。杨慎《大礼》里的议论，本朝毛西河、程绵庄两位先生引经据典，查证古今，批判得已经很详尽了。"梃击"一事，参见汉朝、西晋的《五行志》，此种狂妄之徒，不值得一一提起。怎么会有一个狂妄的男子，在白日中手持棍棒，就能够把一位太子打死的道理？蕲州的顾黄公在诗中说："天伦关至性，张桂未全非。"他又说："深文论宫闱，习气恼书生。"这种议论深得大体。顾黄公与杜茶村齐名，然而当今的人只知道有茶村而不知有黄公。这是由于他的《白茅堂诗集》收集的诗太多了，稍近于杂乱，读者不多；但比起《变雅堂集》，已高出数倍了。

顾黄公蒙圣祖召见，对他恩宠有加，待遇非常丰厚。后因年老多病请求辞官回乡。第二次举荐鸿词时，他也不去赴试，大有杨铁厓白衣平民被宣召来仍以平民百姓的身份回归的风范。他在《忆内》诗中写道："静夜停金剪，含情对玉釭。数声风起处，花雨上纱窗。"在《观姬人睡》写道："玉腕明香簟，罗帷奈汝何。不知梦何事，微笑启腮窝。"这首诗的风韵绝妙。我曾经见到睡梦中的小婴孩，常常露颜而笑，我惊讶他们还不明事理，不知因为什么事而高兴。今日读到先生的诗，才晓得眼前的事情，总是被才子们说过了。

闻一道人

【原文】

丹阳鲍氏女自称闻一道人，遭难流离，嫁竟陵陆蓑云，年二十四而夭。《咏溪钟》云：“溪外声徐疾，心中意断连。是声来枕畔？抑耳到声边？”颇近禅理。昔朱子在南安闻钟声，矍然曰：“便觉此心把握不住。”即此意也。

【译文】

丹阳一位姓鲍的女子自称闻一道人，后遇难流落在外，嫁给了竟陵的陆蓑云，年仅二十四岁就早逝了。她写的《咏溪钟》诗中说：“溪外声徐疾，心中意断连。是声来枕畔？抑耳到声边？”很有些禅理。当年朱熹在南安听到钟声时，猛然一惊，说：“我感到把握不住自己的心”，说的就是这个意思。